INK

INK INK INK INK INK INK
INK INK INK INK INK INK INK
INK INK INK INK INK INK
INK INK INK INK INK INK INK
INK INK INK INK INK INK
INK INK INK INK INK INK INK
INK INK INK INK INK INK
INK INK INK INK INK INK INK
INK INK INK INK INK INK
INK INK INK INK INK INK INK
INK INK INK INK INK INK
INK INK INK INK INK INK INK
INK INK INK INK INK INK
INK INK INK INK INK INK INK
INK INK INK INK INK INK
INK INK INK INK INK INK INK
INK INK INK INK INK INK
INK INK INK INK INK INK INK
INK INK INK INK INK INK
INK INK INK INK INK INK INK
INK INK INK INK INK INK
INK INK INK INK INK INK INK
INK INK INK INK INK INK
INK INK INK INK INK INK INK
INK INK INK INK INK INK
INK INK INK INK INK INK INK
INK INK INK INK INK INK

INK
文學叢書
079

時間歸零

林文義◎著

【目次】

手記前言

傾圮年代，如何在形同廢墟裏種植玫瑰？
文學有時比宗教經典來得純淨、真情。
除非，你已失去了相信，或愛的能力……。

手記。眼所見，心所思，猶如明鏡映照自我，這是年少至今在散文到小說，三十年來私密的抒發方式，比起文學書寫，更直接貼近、呈露最真情實意的心事。

這是在2002～2003逐日寫就的手記。亦是小說：〈藍眼睛〉與〈流旅〉之間的文學餘緒；應呼著三十年前年少服役前後的手記初集，1992年皇冠版之：〈漂鳥備忘錄〉。三十年相距，純真與滄桑互見。

終究，手記仍是文學，時間予以歸零……。

林文義 2005年1月3日 台北大直

卷一・時光長河

時光，被凝止在微泛潮氣的雕花表面，像背叛以後，戀人的淚滴。

1

時光，長河般流淌而過。

記憶，猶如浮木擱淺，成爲遺忘。偶然夢中有夢，擠壓某種傷逝久矣的疼痛，少見甜美……逐漸相信：歲月一如上游沖刷而下的土石，經年累月，磊磊堆置於心，形成沉疴。難以言宣且至無語，甚而失去所有的聲音，哪怕是呻吟、嘆息。

靜靜躺臥在木質雪茄盒裡的骨董表，如要行走，每天定時要上緊一次發條。右手的拇指與食指早就失去最初的耐性，表果然名副其實的成爲逐漸被忘卻的骨董。

時光，被凝止在微泛潮氣的雕花表面，像背叛以後，戀人的淚滴。

2

想起一雙如霧之眼瞳。

未曾留下相片，以致終夜苦苦追索。彷彿某年深秋，行走在子夜的倫敦老街，詩人筆下：霧如貓之四肢，悄然挪近。米色風衣太暖，而更深的心卻很冷。恍若迷神，竟滯怔不前。

說起最初，最初如何起頭？猶如寫作的沾水筆，用力以圓弧狀刻畫紙頁卻不見墨跡，多久以前，墨水早已乾涸了？

青春曾經熾熱如跳舞的火，何時火已凝固爲冷藍之冰？在一個接續一個的暗夜，泛著最深邃的寒色，一如無以憶起，卻自始凝視的如霧之眼瞳。

那年的倫敦，夜霧深濃，異鄉的旅人，醉在老街旁。

3

泡茶，卻忘了時間。猛想起時，茶汁已深褐，溫度不再燙口，微慍的自己，埋怨日益加深的失憶。窘困且微微不知所措，視野朦朧，這才察覺那副包含近視、散光、老花的三合一眼鏡不知失蹤何處？

浴室、書房、客廳……遍尋不著……客廳、書房、浴室……再尋一次，依然渺杳蹤跡。到底放在哪裡？自語自問，來去長廊三回，手腳小心，近乎半盲。自責的怒意暈眩著自我提醒之冷靜：再找一次。還是坐下來喝茶？至少仍有餘溫而未冰冷。

澀中帶甘，一飲而盡。挪近鏡前，朦朧遠看，近靠清晰，額與髮接壤之間，失蹤的眼鏡冷冷向我。

4

古代的西班牙三桅船，靜靜的航行在十公分長的玻璃瓶中。

這是大航海時代的燦爛餘暉，冒險與發現、掠奪、殺戮及殖民。小說就以此延綿了……作家則跟著百年之前的鬼魂一起在幽藍的深海中潛泅。是眞？是幻？日子依靠小說存活，或死在逐漸傷逝的不再青春裡？

生命某一部分早已死去，不再回來，也再也回不來了，傷心亦沒必要。猶如小說描述的海盜，歷史的偶然成爲必然。如此思及，生命無奈及難以承受，所以小說一定要繼續書寫下去。

也許有一天，小說無以持續，成爲沒有意義的囈語，就將殘稿裝在瓶中，找個無人的海岸，將之用力拋擲，讓浪濤帶走。

還有什麼是不能被帶走的？

5

颱風夜。停電。三個點亮的燭。開一瓶紅酒，與暈黃、微微跳動的燭光裡自己的影子對飲。

夜雨時落時歇，卻靜止無風。異樣的等候，竟是等候預知的強風驟雨？如果在二十年前，燭光亮處，某個標致的女子悄然來訪，巧笑盼兮，溫柔的與之對坐……恍神之間，又彷彿並不存在。

我已逐漸失去回憶的能力，連往昔的容顏都難以拼湊。半生，不能僅靠回憶過日，我最不可原諒的錯誤，是放了舟之纜繩卻心隨舟去，一如深愛卻想離去的矛盾戀人。

半生之後的燭光與紅酒。來吧！所有已逝或者仍未誕生的種種神聖與邪惡的，都一起來喝吧。

颱風竟然爽約……。

兒子帶我去西門町，一家叫「秋葉原」的模型店，驚喜的買到四尾膠質型塑的海魚：鎚頭鯊、黑鮪、劍喙旗魚……另外一尾叫不出名字。泛著海般幽藍的粼光，被凝滯爲泅泳的姿態，靈魂脫離深海很久。

「秋葉原」。秋葉紛紛飄落的平原之意吧？日本東京新宿一個販賣電子用品的區名，一九八九年之夏，與詩人在那裡等待前往羽田機場的巴士，由於忘了時間，竟錯失回台的航次，反而多留了一晚。

意外的見到了地方民俗歌舞盛會，那合影的和服女子，手持銀杏般摺扇，夢般的水霧眼神，久久不忘。巨大的東京塔璀璨如火炬，詩人回台後，有沒有爲此次的迷路寫一首美麗的詩？

或者，詩人在詩中迷路？

7

堅執以手寫，而拒絕電腦，成了慣用的書寫形式。

墨水流到紙上，對我是種無以言宣的愉快。自始不在乎他人多事或實質關心的異議，說是固執，不如說作家以筆墨書寫，更接近手藝人的創作方式。

科技的便利，在文學、藝術之構成究竟如何？淺薄如我自是無以論斷，我只選擇最合適、愉快的表達方式而已。

情緒會跟著筆墨的刻印留下當時的痕跡，或刪改或全然放棄（稿紙捏成一團，丟紙屑簍或用力撕裂）都是生命高低、冷熱之相互衝撞。

就算是一次手淫，未嘗不可？這不正是書寫的一種過癮？

8

薩依德的回憶，少年時期的中東。

離開故鄉很多年，巴勒斯坦依然妾身不明。而曾經被剝奪土地、國籍的以色列人，如今卻是忘卻兩千年失鄉之痛，而成爲掠奪、殺戮的壓迫者？以色列人的理由是：巴勒斯坦人是恐怖主義之執行者。

世仇千年，受苦的永遠是人民。

只有以色列及巴勒斯坦的小孩沒有仇恨。他們的父兄卻爲了綿延千年的世仇以鮮血報復彼此。

終於明白，薩依德何以會得了癌症，急欲在病榻書寫回憶錄《Out of Place》或解讀是「格格不入，不合時宜」，華文譯得神來之筆，名曰：《鄉關何處》。

美國學者的薩依德，癌症之源是他永遠的憂鬱，留存的是巴勒斯坦的少年之追憶。

9

偶然高舉的情欲，是否意味著逐漸失去的青春？

暗夜直至拂曉，時而高漲時而低萎，彷彿生命嘲笑自己。撫挲、套弄……精液可憐、乏力的泛出而非青壯時熱力湧射，心虛且挫折的匆促沖洗，而後回到書桌之前，恍然的愧對靜止的稿紙。

猛跳之心逐漸靜默。

也許在錯亂、無措的回憶中追索多年以前戀人豐美的肉體，卻如何也難以拼湊……哀愁如夜裡冷慄的露水襲胸而來，憂心的想及：也許二十年後，自己會如同川端康成《睡美人》小說所描寫的猥瑣老人，生命將是多麼的悲傷？

……？

10

現場指導，倒數計時：「5、4、3、2、1」果斷的手掌往下切。

微笑面對鏡頭，凝神以待。傾聽鄰座的放言高論，還未輪到自己……身前的筆和紙同樣在傾聽。茶杯泛著微微的熱氣。

代表這個黨的，反駁另一個黨。敵對的陣營相互指責、痛斥……何是何非？只問立場不問是非？我知道這個人，怎麼昔時一起行走在抗爭街頭的理想主義者如今竟是巧言令色的政客？

衣冠楚楚的言不由衷？說著可能連他都不相信的謊話？我不由然冷笑了起來……這可以寫成一本小說，俯拾皆是。

「我們請，公正客觀的作家……」主持人終於點到我了。

公正客觀？反而隱隱不安的，是不斷提醒的自己。

11

兩次從威尼斯帶回的紀念物，嘉年華會的鑲金面具。

長鼻的僞善者與睿智之哲人。

如此的相異對比，無關道德、傳統認知；於我僅是美感的直覺。這紅塵俗世，僞善者多如螻蟻，智者存在幾稀？哲人怕早已精神錯亂。

人心糾葛，價値崩潰；說眞話仍是異端，虛假統治了全人類脆弱如紙的心。自我省思彷彿成了愚蠢，這世代之人省思的不是自我，而是別人。

對著鏡子，我決定互換面具，鏡裡清晰反照的，是荒謬的自己……熟悉的，只有面具眼洞裡的雙瞳，有著不忍，湧現的濕潤淚光。呵，如果還能痛快落淚的話……。

12

如果，遠方的沙漠有戰爭。

帝國強權的派遣軍占據敵方的土地，驚訝的眼見，撤退到更遠的沙漠的敵人燃燒油田，大火像天譴般，灼熱著每一雙陌生的眼瞳，反問：所爲何來？

所爲何來？戰爭所爲何來？

百年之後，歷史學家怎麼描寫這一段文字？美化或譴責？是形容公義的帝國或是邪惡的沙漠？（據說，百年之前回教分子以兩架劫掠的民航機撞擊帝國的雙子星大廈，死亡數千人……）

百年之後，已成枯骨的我們在幽冥裡喁喁交談，也許不再有任何對與錯的辯論，好像風吹過沙漠，留下短暫之紋痕，一小段若有似無的記事，無關痛癢。

13

遺忘在一九九三年秋的舊作，忽然夢中清晰憶起。版面、文字，那般眞切的流過深眠裡的腦海（思緒清醒著？不也在沉睡嗎？），醒後奮力尋找藏書卻不可得……眞的寫過那篇文字？

陪伴雕刻家前往法國巴黎，在飛行的航程一一記載所思所看；竟忘了收入出版的著作之中。是忘卻了還是忽略了？或者彼時的心境僅認定是尋常的旅行手記，而未正視爲文學的完成？

文學的完成，多少出自蓄意，手記隨心寫來，反而呈露更多的眞實。是否怕眞實太過，而傷了文學的純度？文學難道不需要更多的眞實嗎？

我，必須要找到這篇遺忘的舊作，一九九三年秋，自己在想些什麼？

14

樟樹與楓香的夜街走著。

黑衣穿過夜色，緩步迎風；行道樹綴滿星閃的小燈泡，長長的迤邐過一整條嘉年華會般的街。

僅想慢慢散步，不思不想。

多久，不曾好好的走完一段路，常是從車窗匆忙一瞥，樹嘩然閃過，商店七彩繽紛，仿如廣告畫般的疏離、不眞切，一如我多年來逐漸冷漠的心。

應該下車，給自我一個散步的自由時光，也許走進商店，看看飾品陳列，替自己尋找一份心愛物，或者獨自喝杯咖啡，隔著巨大的玻璃窗，看街旁走動的人。

其實，這不就是尋常人生輕易可以找到的身心安頓，卻似乎距離自己很遠……。

多麼的幸福啊，一起散步的，竟是忽略很久的，自己的影子。

15

抽菸，爲了是紓解情緒。

急切的找不到菸，竟至微微的躁悒起來。什麼時候，變得必須依靠抽菸，尋求一種心靈安定？又是什麼時候，學會了抽菸？

許是由於長年的伏案生涯，許是沉悒的心情，渴求以抽菸獲取解放……或有人善意的勸說抽菸之害，並慎重提示：二手菸會影響他人。還是如著魔般的淪於迷幻般的嗜愛。

喝咖啡、酒聚，抽菸伴隨，似乎有著某種頹廢的美感完成。文學的剎那閃亮，回憶慢慢歸返，隱約的罪與自虐，深藏的傷感是否逐漸燻黑了肺葉？

如果有一天因抽菸而死，不必留下遺書，以乎也是心甘情願。而旁人的笑謔一如流言，再也不必費神聽見，不也是種幸福？

16

攝影家老友，十五年後終於再開展覽。深夜的酒會，只見巨大的白幕上，錄影帶投影的新聞紀錄：攝影家悲憤的與粗暴的市議員爲了表演形態而激辯！我清楚的看見，他十五年來所累積的，挫折以後的滄桑。

四十五歲的作家，終於和心愛的年輕主播，歡喜結婚。燦爛、自信的帥氣容顏背後，竟也多少透溢著些許蒼茫。

這多端的紅塵人間，這紛爭不歇、政客作亂的島國，每個人終會選擇適切妥協的生命方式，隱忍的存活。內心書寫的，又是經過折損、受傷很深，卻又無言的堅執。我心愛的朋友啊，不過僅僅在試圖保留，那一丁點可憐、卑微的自尊。

17

校對書稿，彷彿再看自己一次。如果書寫時，不意呈露的輕忽，校稿時終於可以適切的予以修正。爲了讀者，給予最美好的完整。

而這，會不會失去最初的眞？手中的紅筆忽然靜止在校稿的某行某頁，一時之間竟然無措、心虛，不知所以然的滯怔不前。

我的書寫，全然出自眞心？或者文學僅是一種虛華？思索久久，心在相互撕扯，所有的文字飛散在四周，碎裂成一個個毫無意義的單字，難以拼裝還原。

出版一本書，眞有意義嗎？

竟夜的苦思勤寫，成就自我之完成？還是僅在證明生命存在的本質？我聽到文字在校稿中悄然啜泣，執筆之手竟微微顫慄的，不知如何落筆。

18

讀「直木獎」作家淺田次郎小說，再重看改編的電影，從平面文字轉爲北海道冰天雪地的支線鐵道，昂然、靜默的高倉健一身黑色厚大衣，寂寥卻堅定的乙松站長。

悲涼而壯麗。猶如畫般的鐵道員。作家以何種心情，來揣測一顆連續失去女兒、妻子的男人心靈？意味著相信自我信念，對職守的一生忠誠。夜來讀小說，再放了VCD，感同身受的傷感油然而生。歲月半百，失去的，無以追回的人生幸福，都在笑與淚中，如那鏡頭裡的風雪，就吹了過去。

只是小說，只是電影。雖說是虛構卻似乎又那般眞實。作家出生於一九五一年，三島由紀夫自殺之後，成爲日本自衛隊員，並誓言遵循三島的文學之路。

猶如筆下的「鐵道員」，那般勇敢、內斂的向前。

19

天剛隱約的亮起，耳旁定時的鬧鐘輕響，繼而是女兒推開那扇木格毛玻璃房門的沉甸重音，躡著貓般的小心腳步挪近我的房間，對門的浴室嘩然的梳洗水聲，而後是衣帛窸窣，大門拉開又沉甸甸的關上，鑰匙反鎖的急促，準確的五點三十分。

調頻電台晨間時段的執行製作，整點新聞的氣象及路況播音，是女兒年來的工作職責。她上班的時刻，我經常還未入眠，在書桌旁攤展著稿紙，或翻閱著未竟的書頁。

在心中，永遠是那個十個月的小嬰孩，每天清晨抱著，散步在微冷的中山北路三段的林蔭人行道上，告訴她：這是楓香，那是樟樹。

所有的孩子，都是父母心中小宇宙裡，那顆最溫美、亮麗的星。

任教職或編輯的同年友人，相繼接近退休或提早辦理優退，各自尋找各自的天涯。

有人將優退金辦了文學出版社，有人試圖全心回到單純的創作，彷彿年少之時的文學激情，在社會工作二十多年之後，不捨青春年代理想之許諾，堅執的歸返最初，多少有所悲壯，卻也義無反顧。

文學是青春、理想的延伸或是歲月的滄桑之後的沉澱？年少之時自始未曾臆測往後二十年三十年的人生轉折，追憶年華以文學形式呈現，該喜該悲？

我們存活在一支無以觸摸、凝視的茫茫瓶中，像永遠無以自由游向大海的魚，那麼就坦然、勇敢的寫出來吧！

瓶中之書，也許渺微，下筆之刻，生命浪濤般的湧漫，如此之真摯，如此之壯闊。

卷二・琴夜

氾濫成災的布拉格。請問：米蘭昆德拉有沒有迷路？

1

偏頭痛，時來時去，已是十多年來的常態。來時，如悶雷撞擊！仿如原是柔軟、脆弱，被溫潤體液緊緊包裹的腦袋，被猛戳入尖刺。

想死的意念一而再，再而三……先是沉甸的擠壓，繼而是逐漸鬆弛，乃至於被抽光般的虛無。記憶剎那間全然忘卻，僅留下空空蕩蕩的一副皮囊，連想哭泣都不能。

竟然，連想哭泣都不能啊！

慢慢的，慢慢的回過神來。好像在外飄浮、流浪很久的靈魂，在疲倦、無從的風中，悄然回來，什麼時候回來的？連自己都不曾察覺。

活著與死去，有什麼差別？

在這錯亂的年代，死去也許比活著要來得幸福吧？連哭都哭不出來的時空，還能有多少的盼望？

偏頭痛，就這樣如影隨形。

2

據說，他在南方孤傲前行。

北地的我，卻冷冷凝視。

應該要陪伴他，好好的走完這段原本就難以預期的路程吧？或許是出於不忍之心，而被一向敬重的他主觀認定，是我背棄，甚至私語成了流言，最初的忠誠終究逐漸被解讀爲冷淡。

揣測或是怒意，訕笑乃至於嘲諷都隨人去說，這苦澀的人生抉擇，不必再急欲要人瞭解，一定要給予他人一個確切的答案。我思故我在，如此這般。

懦弱如我，自不能，亦無資格與之比擬；只是私心的認爲實在不忍他再受傷害。這不忍之心在衆人的解讀之中，怕早被形之爲不堪入耳的讒言。

風起雲湧的往昔，革命年代的悲壯情懷早已消退，他應該明白：我依然不忍而微痛。

3

朴子溪，膠筏航行的陽光午後，竟然沉陷入某種迷離幻境。

泛著水草顏色的河水輕脆拍打舷邊，銀白小魚躍出河面，船老大熟練解說著淺灘紅樹林之間的白鷺以及過境的候鳥。卻想起康拉德小說《黑暗之心》，關於航向一條深河內陸的未知詭譎，沒有答案，只有生命的滅絕。

昏昏欲睡，渴求仰臥在一張潔白、柔軟的床，裸身白皙，微帶汗意的女子，魅惑的等待狂熱之歡愛……怕連康拉德都會搖頭。

我的迷思，在於生命的不安。已然逐漸老去的心裡卻一直住著一個純眞的小孩。

渴望立刻回家。而不是困囿在通往眼前挪近的城鎭，或這條人工太多，自然太少的河流。連夢都已稀微近零，索性關掉自己。

4

街邊咖啡座，老去的過氣歌手依然的三十年前不變的容顏。笑起來的唇角，盪漾著彷彿依稀，孩子般的羞怯，說剛從馬來西亞回來，感冒了，嗓子乾澀疼痛，卻仍然拗不了請求，要唱兩首歌。

妖嬈的半裸女子就在咖啡座旁起舞，吸引我的不只是誘人的肉體，更是欣羨的青春。新開幕的進口服飾店的造勢活動，而我來鄰近的有線電視台領取酬勞支票，竟與歌手不期而遇。

「還唱歌啊，一生僅能如此。」

他慨然的說，滄桑的神色自有生命的蒼茫。好像都三十多年了吧？曾是我少年時傾往的星辰，並學著他幽柔的特質，哆著嗓音，對著大鏡子唱歌。

某些回憶，如歌般的幽幽回返，不再的青春如乾枯很久的蝶翼。我的老歌手還在不屈的飛翔。

5

氾濫成災的布拉格。請問：米蘭昆德拉有沒有迷路？

那年的骨瓷酒杯、水晶玻璃瓶在暗夜裡忽然向我提及。一時間竟陷入窘困，久久滯怔的無語。

旅行手記似乎遺落了關於布拉格的部分。有了米蘭昆德拉，一切的記載顯得如此多餘。河水一夜之間猛獸般的漶漫，教世人難以承擔生命的重量，布拉格比威尼斯還要威尼斯。

猶記得：輕盈的散步在老城區，那一瓶不到八十塊錢台幣的白酒實在好喝，酒店的調酒員向我要菸，遞給他一枝白長壽，他看一看菸盒上的英文字，尖叫起來：

「長命牌香菸？」

「是的，抽這菸你可以長命。」

我促狹的笑答，他送了我一杯酒。

那年的冬夜，一個旅人在布拉格。

二十多年後的登山鐵道，一如那時的欲雨濛霧。他們說：在奮起湖下車，滿山的佛手瓜、老街以及鐵道便當。車過竹崎，漸覺搖晃、遲緩，往高海拔上山。

有一次，從水里走新中橫直上塔塔加鞍部，彷彿看見綠底白字的路標寫著「奮起湖」三字，卻沒特意注視，車過好遠，才思忖那右方山路果真通向奮起湖？

旅行途中，常匆匆錯過一些年少之時曾經去過的記憶之地，而卻很少回轉找尋。像不像愛情？任性的捨去，有時是由於自認爲難以承受之重，或者是懼怕失掉而選擇先行告別；不是不愛，反而是缺乏自信，寧願回歸一種孤獨。

如此，卻也自傷且傷人。

回到二十多年前曾經來過的舊地，卻也心如止水。那時看過的樹應該更爲巨大、壯麗吧？而重訪的人呢？怕已一身折損。

7

重讀八年前的舊作，關於描述淡水河系，猶如時光之旅人，穿梭於歷史、土地及自我的私己感觸……那時，還是一個副刊編輯，如何在繁複的工作之外，能那麼純靜、執著的立志完成一本書，如今回想，竟有種愚癡之悲壯。

利用下班或假日，猶自駕車循著河岸旅行，或在暗夜的桌旁，苦讀史料並予以對照、判別，試圖以文學的形態呈現自認爲史詩式之映像展演；是不是過於高度期待？

當文字印刷成書，創作之時的生命起伏就宣告遠離自我了。這是否也是一種悲哀？意義在於苦思、撰寫，而在於發表、出版嗎？不爲後者，創作又有何實質意義？

這般的糾葛，近來常成爲自我質疑之課題；其實，想像自己是在默默種一棵樹，像一本書的完成，也許正是善盡做爲一個人的本分。

8

那人醉了，一連打翻了兩杯酒。

原是俐落、善言的舌頭有些結巴，急欲表達某種被壓抑太久，而必須一吐爲快的心事。我說：慢慢來。

「喝了二十三杯了，再敬你第二十四杯。」

慢慢來……。

「我哥很夠意思……呃！竟暗中把我……我的房貸全數付清了。」

夠意思，慢慢的喝。

「我喝得太猛了……我是不是醉了？太激動了？啊？」

慢慢喝，不會醉。

那人笑了，眼眶卻隱約的閃淚。我回以理解的笑意，心中卻有百般不忍。怎不知那悲愁的心靈承擔著諸多世俗中的現實壓力，誰又沒有呢？彼此化身爲鏡，映照彼此。那麼還是忍不住的先乾爲敬了。

酒，眞能引發最深刻的眞心？

好！今晚，咱們不醉不歸。

作家。是永遠的異議者。

這是你當年與我共勉的期許。

曾經，由於加諸於這塊土地上的不公不義，我們同聲悲憤；在多少長夜含淚的傾談，並誓言以卑微的文學之筆，寫出被湮滅的歷史及被傷害的人民……。

多年以後，我們逐漸陌生。你熱切置身於取巧、逢迎的資本家及以著改革之名，行私己掠奪的政客之間，竟然成爲你曾經撰文抨擊最力的謀略家最忠心耿耿的辯護人；如一隻學語的變色鸚鵡。說眞的，我幾乎難以辨識，到底哪個才是眞正的你？

昔時，我們所厭惡的，卻重複在你此時的現實呈現，與當權者攜手共舞，樂此不疲。

作家？眞的是永遠的異議者？

10

十月的首日，兩則新聞令人心驚。

一雙久病未癒、恩愛半生的夫婦服毒自盡；怕漸失意識的丈夫，在妻子因病先離世的杞憂裡，悲傷的將丈夫餵食毒物，繼而妻子呑食，雙雙攜手死去。

父親以領帶勒死了深愛音樂、有著長年憂鬱症的十五歲兒子……。被銬在警局，戴著黑色透氣面罩的父親，只見露出一雙絕望之眸。音樂科老師泣訴：這小孩多麼喜歡蕭邦……。

這無以承擔的親情重量啊！一如兩年來，幾乎日夜聽聞的：孩子殺死父母，夫妻相互傷害，不計其數令人心痛的訊息，已然習以爲常且無言以對。

如何揣測人心的溫度？悲歡與善惡，那麼輕易可以斷定嗎？無奈與無助，可能才是心靈最脆弱、憂傷的暗影。

11

黑底白碎花的洋裝吧？及肩長髮飄在夏夜異國柔和的海風中。

那年的維多利亞海峽，空氣裡沁著花香的甜味，在很多年以後的夜夢裡依然清晰可聞。格子藍綠相間的Polo皮包，懸著一支方形木刷子，那般幽雅、秀緻的晃蕩。

臨海的酒店咖啡座，聽燭光中的鋼琴聲，妳以著象牙般纖細的指尖在桌沿臨摹著琴鍵的音律，一雙在幽暗裡異常閃亮之眸。

「有那麼一天，我要到薩爾斯堡音樂節去……」妳沉吟了片刻：「畢竟，我忽略了好久的鋼琴。」

是啊，很多年後的深眠裡，我依然清楚的看見妳那雙輕輕敲擊桌沿的纖細之掌，還保留著那套黑底白碎花的洋裝嗎？長髮是否已剪去？鋼琴塵封沒？或者，妳眞的去過薩爾斯堡了……。

12

沉澱的心，是由於疏於索求。

「是昔日的熾熱冷卻抑或是對曾經有過的堅執信念全然絕望？」

有人如此問及，我則默然無語。並非保留什麼，而是不知如何回答？年華流逝可以作爲某種藉口，內心最深的本質則是眞正的答案。

或有一說是：人要跟著時空、環境而調整、轉換。在某次電視座談節目上，我所熟稔的所謂「國策顧問」如是敘述。直率如我，則語帶嘲諷的指出他的昨非而今是，弄得尷尬了彼此。

事後省思，這豈不強人所難？怎可以一向堅執之信念，反詰他人的見風轉舵？人各有志，自有個人抉擇，體恤包容才是。

就這樣，寧可在自己的土地上自我放逐，飄流在這公義依然混沌的人間，流亡以終。

13

小說之於迷人，彷彿置身徘徊一片廣瀚的星空下，恣意演出；或爲智者，或是罪人，無所不在，無所不能。我在小說裡，尋得救贖，尋得生命最大的慰藉。從一片海岸航行到渺遠無盡的遠方。在小說中不必顧慮到浪潮的獰惡，海流的陰險，生命的高貴或卑劣。所有的魚族，跟著小說之筆，或轉向或深潛，連上帝都無以干預，怕魔鬼都會無助的尖聲哭泣。

遇見筆觸戛然停歇不前時，才發現最可怕的仇敵竟是自己。靈魂就凝滯著，久久不動，任你憂慮、焦躁而不得脫困。連抽刀了斷自我的力氣都沒有。

小說，是一次又一次殺死自己的過程；那種死而復生，難以言喻。

14

「啊——你不是……」那人驚呼著。

午後東區的十字路口，陽光慵懶的薄亮，那人似乎在印證什麼，我呆立的看著對街那逐漸減去數字的人行道示意燈號，等著過街。

「我認得你，哪裡見過，就是想不起來……」那人一副索盡枯腸，奮力追想，進而一臉漲紅了。燈號由紅轉綠，我急促的邁開腳步。

「對了！你不就是……」聲音在身後響起，我已匆匆到了街的這頭，那確認的話語隨即淹沒在雜沓的人聲、車陣之間了。

轉入大樓的長廊間，迎面而來的店家巨大的手表櫥窗，銀光閃閃的炫亮。清冷的溫度，放慢腳程微微的孤獨。我是誰，重要嗎？無論是錯看或熟稔於我已毫無意義。當一個人逐漸失去對悲喜的本能之時，認不認得，都僅是一個卑微的符號。

15

十樓弧形觀景窗俯視而下，丘陵間的溫泉旅店已逐一上燈，灰濛的向晚，燭火般之暈黃。

即將完工的二十六層大樓，巨大、猙獰的吊車懸臂仍未卸去，遮掩去原本平視可見的七星山主峰。窗下蓊鬱的公園暗影漸長，才倒了杯小酒，就整片黑去了。

原是作爲寫字的房室，竟由於山景壯麗，竟不曾眞正有過作品。幾年來，就是坐在窗前藉著天光閱讀書報，喝茶、飲酒、泡浴室裡接來的溫泉。或臥、或坐，在此倒成了一種遁世的閒暇方式，這是母親的好意贈予：「一處清靜之地，應該可讓你安心寫些東西吧？」

落籍北投，文學卻游移著，是景美人閒，反而誘引不出某種深思。而樓下大書店所陳列的，以排行榜著稱的流行書們，反而形成我最大的嘲諷。

16

喜歡逗弄年輕友人的小嬰兒。

嬰兒們微笑，那粉嫩的胖腮輕顫，手舞足蹈如剛出水的小螃蟹，格格的笑聲，美如天籟。

卻感到一種深沉的不幸，繼而是隱約的哀傷冷冷襲至。初誕的小生命，未來將如何的等待？所有的小嬰兒都帶著一只潘朵拉盒子……每每我接抱了過來，心中多少一份沉痛。

想到被棄置或被凌虐的小嬰兒，想到遙遠戰火或飢寒國度死在母親懷中的小嬰兒，眼角還是湧著濕熱的不忍之淚。

我們創造了並且惡化了生命的本質，損壞大地的溫美與豐饒，留給二十年、三十年以後的小嬰兒怎樣的一個世代？逐日惡質的人心，腐敗的亂世，請問：我們眞有資格生下他們嗎？

我們是不可原諒的罪人。

17

冷慄的夜氣，頸間的毛線圍巾卻格外的暖熱起來，出自於如今因難癒之疾，必須時常以呼吸器維生的女子之手織。而此時地，卻是二〇〇一年十二月中旬向晚欲雪的佛羅倫斯市政廳古老的廣場。

曾由於父親的革命者被長年囚於綠島的悲運，從小飽受侮辱致而自卑自傷……提及童年時代，母親帶著她從高雄走南迴公路到荒寂的台東，再搭漁船，忍受風浪巔簸抵達那封閉的小島，僅爲了三十分鐘，短暫的相會。

視野裡，是紛紛避入室內的人們，咖啡店及精品鋪，夜深露寒，我忍不住呼出的白氣，猶如這編織女子童年的哀嘆。那名牌的手套店向我挪近，反而冷慄的不是我，心中卻問著遠方的她：

「妳，會冷嗎？」

「我，一生都好冷呢。」

編織的女子似乎遙遙的回答。

18

詩人的桌旁，應該擺放著我捎給他的一架綠色、綴著三片心狀葉酢漿草圖案的A330客機模型。

包裝紙盒上我寫了一段短句：

來自詩人葉慈的故鄉。

不曾去過愛爾蘭，聽說那裡的冬天非常的冷，一如那個哀愁卻堅強的北方民族。詩人十九歲以前不也是生長在冬來冷慄落雪的半島北國？只有春天來時，無窮花開遍，可能多感的少年詩人才會愉悅起來，詩的種籽逐漸萌芽，來了台灣，鄉愁就成了詩。

繁重的出版、編輯事務之餘，無詩的時候，就把玩這架可放在掌中的模型客機吧，仿如帶著偶爾沈鬱的詩人之心，穿過傷心的台北，飛往自由無阻的雲天，航向愛爾蘭。

或者，隱約可見葉慈的微笑。

19

「十萬字的長篇小說改爲六十集連續劇，怕已是支離破碎了。」

咖啡逐漸冷去，又點燃香菸：「我早明白電視的流程，已經不敢抱持太多的期待。」

髮鬢霜白的製作人聽我平靜卻沉聲的敘述，些微動容，停滯半晌，誠意的勸說：

「我會盡量保留原著的人物精神。」

彷彿面臨生命的兩難。如果小說以九十分鐘電影的形式呈現：五〇年代那略帶香氣的懷舊風華，兩個美麗女子的風塵滄桑，質樸而寫實的老台北……卻必須是六十集，每天晚上八點鐘的連續劇。

我需要這筆版權費，電視公司則喜愛這部長篇小說。這是人間現實的相互要求，哪怕是一向以文學處世的我，亦難閃避。

那麼，小說將會呈現如何的映像？彷彿是難測的人生。

20

多年以來，慣於從古地圖對照現代的國界幅員。

很難想像：兩、三個世紀之前，西洋傳教士或探險者抵達台灣，回去後所繪製的航路地圖，是依循目測或揣臆？

這島，有時如蕉葉，又仿似一尾魚。

那時，我們漢人先民如何在此墾田築舍？原住民又如何看待漢人的侵入？是善意的遷徙抑或是惡意之掠奪？從漢人觀點出發的歷史與殖民政府的官方文書相異又在哪裡？卻至今未見由原住民族所提示的，全面而完整的歷史觀點，於是乎，眾聲喧譁，任由多數的強勢詮釋，仍是粗暴的代言少數族群的種種謬誤。

一如這個島國所缺乏的包容與體恤，人多勢眾，就變得卑劣而自我膨脹，口呼兩千三百萬人的命運共同體，卻又極力打壓不同的意識型態者，這是島的悲哀。

卷三・安德列紀德

安德列紀德說：當一個人開始寫作，最困難的是真誠。

1

芥川龍之介娶村女爲妻，三十三歲之齡，竟躍下火山口自殺。

多少年來，時而臆測作家何以做此抉擇？及至近來自身對生命的感觸、歲月的流迴，蒼茫之無措……察覺到死亡其實並不可懼，而是深刻的悔憾竟如螻蟻般時而蛀蝕內心。

三島由紀夫堅決割開腹部，想著怕是偉大的信仰；川端康成則傷情於逐漸老朽遠去的青春。文學依然難以救贖靈魂潛伏一生的不幸嗎？

死的念頭有時隱現又立即躲藏。死的終極是全然幻滅還是再生？我一再向文學不厭的詢問……僅是索求死的意義，或是自認爲某種美學之完成？不渝的探尋，以信仰般的文學，還是未能找到答案。

2

謊言，有時會被詮釋爲一種善意的妥協。

她在午餐桌上，委婉的解說那人是由於改革而必須具有妥協性的必要之惡，內心不是表面所呈現的那般作爲。

「所以，請你多包容，不要批評他，他有很多難處。」

我隔著餐桌，平靜的看著她的眼睛，想起這位一向敬重的大姊曾經信誓旦旦的說過：「理想，是不能有絲毫打折的。」

很想以這句她所期勉過我的名言予以反詰，卻也自我禁制了。繼而陷入某種些微尷尬的氛圍之中，彼此都無語了。

也許自己眞的不適於存活在這個詭譎多端的年代，也許，自己眞的是不合時宜。感傷如窗外拂入的微風，視野所見，是遠方孤寂的雲。

3

北安那托利亞斷層微微晃動的時候，位於黑海以南的伊斯坦堡，三百多萬居民在驚懼中慌亂的甦醒而起，拂曉天色一抹殘紅。

一九九四年底，冷慄的冬晨，在橫越歐、亞交界的博斯普魯斯海峽上的交通船上，我凝視著尾舷，那支在寒風裡獵獵飄飛的紅底白星月旗，土耳其如此接近。

我年輕最深的惦記，我最初的戀人就在身旁，卻明白的知悉，二十年後，我是來此了斷半生的情念。背景是淡淡幽藍，古老的城區以及不遠處金角灣的清眞寺圓頂及尖塔。我略帶苦澀的微笑，雙手合握，黑白交雜的海鳥在舷邊與我肩頭平行的浮翔。

告別支離破碎的前半生。再次重逢卻愈來愈陌生的最初戀人，還是必須深深感謝，來到伊斯坦堡。

4

陽台燭光熄滅，我仍未眠。

The Misslon的唱片仍轉動著，安地斯山脈的童聲齊唱，純淨、專注的猶如一條綿長而黑暗的河，無阻的流入心中。

我癱在藤椅間，像一張脫卸的皮，失去了肉身，感覺到逐漸乾涸、枯朽的微音，某種脆裂般的折斷，桌上的茶已被襲入的夜氣變冷，思緒彷彿行走在削壁之間古老腐壞的索橋之間。

急驟的定音鼓高漲起來，應該就是西班牙軍隊開始屠殺印地安人的時刻；長髮、落腮鬍的神父站在村人的最前端，勇毅不懼的高舉聖像十字架，迎向刀銃。浮現紅衣主教那張臃腫、肥膩的臉顏（托著下頦，狀若無辜的沉重端坐），連祈禱、告解都不能的出賣者。

晨光乍現的彼刻，不知所以然，我竟泫然淚下。

5

隱約之間，電話鈴聲乍響，匆匆奔赴聲響之來處，靜默的手機或室內電話，側首開著的電視螢幕，呈現手機廣告或記者會現場此起彼落的電話聲響……。

錯覺中，竟然是一種內心荒原般的蒼涼。暗夜與拂曉接壤之際，似睡未睡的恍惚，有若有似無的電話鈴聲……究竟是夢還是清醒？或者是夢中之夢？

半百之年，回首多少年來，不願辯解、自始帶著體恤之心，卻也遭致被誤解、出賣、耳語與流言的傷害。請問：一個人出於眞心，面對惡質的島國文化以及沉浮的膚淺民族性，還能盼望什麼？

於是，我寧願選擇走一條少人行走的荒僻之路，卻也坦然而心安。

我所感傷的是：曾經有過理想堅持，辦異議雜誌，而一再被查禁的秀異之士，竟在取得權力之後，甘爲當權者之悍衛打手，仿如黑暗的明朝東廠……。

曾經爲文批判，不屑於彼時的「御用文人」，怎麼十多年後，成爲面目可憎的「御用文人」？我終於恍然大悟了！原來自許學者、文人是那麼易於屈從，甚至樂意成爲當權者的鸚鵡。

風骨與志氣，眞的難以尋求？

當年噤聲不語的知識分子，如今聲音比當年勇於抗爭，而自始堅執「永遠的反對者」自許的人還要昂聲，這是被政客們早已看穿且善於利用的主因。

甘爲奴性，如風中搖擺的蘆葦，祝福你：平安快樂。

7

閱讀《航向愛爾蘭》，想到的不是詩人葉慈或黑尼，卻是三十五歲時的吳潛誠，那是遙遠的一九八六年夏，帶著我登上西雅圖塔，指著華盛頓湖與太平洋接壤的方向，靜靜的說：「那邊就是加拿大邊界。」

我眺看遠方，只見眾多的大小湖泊、茂密的楓樹林，雲淡淡的延綿，邊界難以辨識。然後他熱情的說，如果想見詩人楊牧，他可以安排。同行的作家友人卻直言不想認識。我卻急切的說：我盼望。

卻與楊牧在華大圖書館錯身而過了……他專程來看我們，同行的作家友人的不以爲意，卻多少折損了吳潛誠好意的安排。

反而回了台灣，和吳潛誠卻少促膝長談，楊牧也是。那年夏天西雅圖匆匆交會，十多年後驚聞他的壯年早逝，竟有扼腕之沉痛。

航向愛爾蘭，以壯闊的靈魂。

8

手記冊靜靜躺在書桌左側，和一支兩百年前的彩白菜小瓶擠在一塊。感覺來了，就寫一頁，這大約是小說無以爲繼之時，或者內心潮湧著某種不定，以書寫來抒發情緒。

以前，偶爾會順手畫圖，彷彿喚起三十年前狂熱沉迷於線條、油彩的記憶，之於棄手是自覺文學書寫比起繪畫，更易於進入生命深邃的部分。

習慣性的，會帶著手記冊去旅行，記載成了某種本能反應。沒有心情，就讓它藏在隨身的手袋裡，幾天不想去理會，好像詩句裡描述，城中的情婦，想她再去探訪，不想，就當做是窗前的金線菊，所以情婦一直在等待。因爲任性的男人，永遠是很少回家……。

9

鍵入手機記憶卡裡的電話號碼，有時會流失無蹤。

是否猶如自己的記性，會不由然的逐漸忘卻？於是只好逐一翻閱泛黃的記事冊，也許是幾年前寫下來的，隨手撥一個號碼。對方卻是一個陌生的聲音：「喂——？」

「這是某某的電話嗎？」我問。

「沒這人哦。」對方答覆。

一種索然的空虛。意識著，我終究失去這個人的聯絡方式；或者期待某次的相見才能再次問起……這一刻，悵然若失的反而是我。

如果昔日生命的記憶，也能如同記憶卡流失號碼的話，生命的悔憾、缺陷也許就不會導致太多的酸楚、苦痛。

好了，下一通電話，我該撥給誰？

10

七〇年代的回憶，由老唱片呼喚回來，印證自我逐漸老去。

大約是無意間走入師大路巷裡一家名叫「巫雲」的咖啡店，巧遇劇作家王墨林，背景音樂竟是貓王的〈你，今夜寂寞嗎？〉。

王墨林先行離去，我仍在那裡。吸引我的是四處推置的老唱片，店主說，你就隨意尋找吧，屬於你的年代的曲子。一時間我竟怔滯當下，自問：我的年代……？

反而聽了更遠的，屬於母親年代的，諸如美空雲雀的〈柔〉、北島三郎的〈花の生涯〉等等。忽然，七十五歲的母親悄然閃進情緒裡，她的寂寞、不被瞭解的蒼老、垂暮，也許比半百之年的我更需要這些歌吧？

那夜，趁著微寒的夜色回家，內心像童年時迷路而渴需母親的無助哀傷；是不是應該去找些老歌唱片，與母親一起聽？

11

電視晚間十時的時政評析。

議論曾經是十二年統治者的女兒，在政治人物造勢晚會的不當類比，帶著輕蔑、歧視的尊貴神色以「檳榔西施」比喻對手的執政風格。

我所呈現的評論，多少帶有情緒，這微微的慍怒，卻始自對她的身分的不然與反動。不正是權貴不由然所顯露對庶民的鄙夷？我所強烈的回應或許激越，但對一個曾經是統治者之女卻口出歧視之言的權貴，我不想留情。

弱勢者就被選舉語言傷害。

做為文學作者，我無法噤聲。

多少人自願諂媚的靠向當權者，而我毋寧選擇邊緣的位置。冷眼看這陸離光怪的人間，縱然靜默的書寫文學，遇見不義，卻毫不閃避的寧爲怒目金剛，人生在世有所而爲，如此的心安理得，卻多少也黯然神傷。

12

「知道那開粉紅花朵的樹何名？」

「是羊蹄甲嗎？」我疑惑的反問。

「錯了，那叫美人樹。」

作家廣達六公頃的山莊林園造景，巨大的松樹及低矮的七里香竟是我僅能辨識的植物；作家笑我這都市人終究對此的淺薄。

這是作家半遁世的希望所在。

挖了寬闊的池塘，養了石濱、苦花魚作爲垂釣，一面沉思文學，坐對一山靜，心中卻也波潮洶湧。多少也是矛盾交織的情緒。

譬如匆促的以半個月時間，疾寫了七萬字小說卻戛然歇筆，延繼他長年時隱時現的憂鬱症，爲了房地產事業而難以安寢，對台灣的政治亂象破口大罵等等。

「還是看山近水吧。」我說。

「寫不出東西啊！」作家輕呼。

好像是和自我對話。

13

少年時代深深迷戀的《地糧》，再次回到我的閱讀生活中，安德列紀德綿延於生命深層，乃至不朽。

三十年前，恍然間走過藝術系古老的長廊，紀德筆下的阿麗莎彷彿掌燈走來，曳著長長裙裾……書包裡藏著《地糧》。三十年後才知悉，與紀德識交的翻譯家盛澄華，因心肌梗塞，死於一九七〇年中國的文革，是悲哀含恨離去吧？我翻開扉頁，心一片冰冷。

一直記得紀德的名言：

「當一個人開始寫作，最困難的是眞誠。」

一直引爲自許的文學座右銘。

一直靜默、沉著的走這條寂寞卻豐美的無人悄徑，三十年來，在夢與現實中糾葛、對抗……收穫以及耗損。

14

如果，對妳深切的渴求，寧願在最亢奮的情欲裡狠狠死去。

我最後的青春回首，留給妳滿身汗涔涔的晶瑩，也許透溢出隱約的微嘆，像文學書寫最末的完美結尾。

活得太虛假，不如死去。

我所試圖探測的深度，怕上帝亦無以抵達。妳因極度的情欲之最，癱成一尾擱淺於岸的魚，而我一直沉入，沉入最深最黑暗的無光之海，怕再也無力浮升，寧願讓珊瑚逐漸包裹、呑噬……絕望而淒美。

歲月滄桑帶來逐漸的世俗與可憎，卻相信在狂野的情欲中可以尋得絕對的眞實。所以啊，妳如許陌生卻又如許之熟稔，晶瑩、豐饒的妳。

噓——不用言宣，讓我們以雙手交談。

15

但丁的頭像就嵌在百年的牆間，剛落一陣小雪，冷冷的巷弄在向晚裡開始逐一上燈，我看見落地窗裡的理髮師向我扮著鬼臉。

來自亞熱帶的唇不住顫抖，門牙相互碰撞……真冷啊！想躲入巷裡的咖啡店要杯熱飲喝，他們卻說最濃郁、香甜的巧克力咖啡就在市政廣場的邊緣。

失意的執政官但丁遠離這冬冷下雪的翡冷翠，只怕徐志摩的詩都難以描寫。還來不及去烏飛茲美術館就要告別，只因暮色來得又快又急，僅留下裸身的大衛像，堅持著千年前的攻擊手姿，勇毅、不屈的看向前方。

頸間的羊毛圍巾很暖。手套店櫥窗裡鮮紅似血、纖緻的小羊皮女用手套……要送給誰？

16

波伽利吟唱我所不諳的歌謠，彷彿去年冬日，旅行過他的半島家國，在托斯卡尼枯去的廣漫葡萄園間穿梭，那種絕對寂靜中的純然。

有時，我明眼的視野比起你天生的目盲更爲困惑；歌謠傳遞著心甘情願的許諾，我卻沉溺在突然而至的反悔與自傷。

手記裡的文字，像風中的葉片颳起得如此狂亂，又猛烈的跌落……哪怕在你高音的部分，依然是不疾不徐，黑暗，不見一絲微光的波伽利啊，你所意識的，揣測的，莫非是自我構築的完美之境？沒有美與醜的價值衡度，憑藉僅有的觸覺感受溫柔。

你兀自吟唱，我則黯然神傷。

我究竟要走向何方？或者追隨著你蒼涼的歌，飄飛如冬冷，最後一片枯葉？

17

百年之後，所有此時的新書，也許早已泛褐且脆裂成灰塵。

風不經意吹過，書塵隱滅如空氣中微渺的粒子。

那麼，作家還要不要寫書？

巨大的樹木，百年默然茁壯，只要人們不砍伐，山火不焚燒。作家早已亡故的靈魂，還哀傷的流浪在潮濕、蓊鬱的陰暗林中，幻化為夏日最後一抹螢光嗎？

沒有人讀你寫過的書。

他們寧可看一抹若有似無的林中流螢……百年之前某個作家的名字，再顯赫依然早被遺忘。

柏拉圖要將詩人逐出理想國。

有的作家則將自我甘為小丑，可憐亦可悲；諂媚如王座之前的弄臣，寧願是無主見的杜鵑而非諍語的烏鴉……。

18

車城游擊戰士，占據莫斯科歌劇院，挾持數百人質，輿論概以「恐怖分子」稱之。

特種部隊以痲醉瓦斯突然反制之時，同樣殺死無辜人民。腰纏炸藥的車城戰士在剎那的昏死那刻，太陽穴穿入了槍彈，連死亡都彷佛是預先體會。

百年以來，他們的家園被焚燒，丈夫、兒子被殺戮，婦女被恣意姦淫……扯下面紗的「黑寡婦」們再也不需要世俗的道德、戒律。

穆罕默德在最深的墓穴中無言哭泣，車城在歷史綿延不斷的愁雲慘霧之中。

所有的世人都宣稱失敗，是的，沒有人是眞正的勝利者。

只有死，才是僅有的答案。

19

劇場的人都走了。

她仍留在空蕩蕩的偌大舞台上，大聲的呼喊：幕，永不落下。

背景是凝沉的黑，什麼時候道具早已卸光了，導演丈夫挺著肥胖的酒肚，聲音平板的站在已無一人的觀眾席中央輕喚：

「該回家囉——」

「戲，還沒有演完呢……」

「該回家囉——」

她不知所以然的放聲哭泣：

「所有人都遺棄我了……」

仍未從戲裡回到現實，她依然相信自己是那個被屈辱的悲傷角色，華麗的世紀末的最後子夜，忘記替自己卸妝。

「該回家囉——」

20

書桌左側，插在小瓶中的麥稈竟然奇蹟般的虯張起來。

死去很久的麥穗，甦醒了嗎？青銅鑄成的貓頭鷹側眼看著麥稈，怕被刺傷的面露憂懼。一旁低首撫琴的石灣陶人則堅持氣定神閒的靜謐神色。

我碰傷的右肋骨隱隱作痛。

「百憂解」對我長年的憂鬱症一點用處都沒有，僅能抽著空菸，一枝接著一枝，無意無識。

作家王定國在六十九元書店買到送我的一整套《蘇聯短篇小說選》堆在書桌下端，另一套他送給小說家宋澤萊。蔡琴低沉的唱著老歌，午後的深秋天色這般的黯然之灰銀。

我什麼都不做，化身爲石。

卷四·遺書

不小心打破鏡子，支離的碎片，嘲諷般
映照出各種陌生之臉，誰是誰？

1

有人以「淡水海岸」爲欄名，書寫年少之時的青春與執著。

如今是文學院外文教授的半百男子，酒聚之時放聲而歌，多的是世俗的美麗和蒼茫。

我已倦於回到那昔日以晚霞知名的淡水海岸，卻偶爾在死靜的子夜，獨自駛車前去，無喜亦無悲；什麼時候，自己竟也變得寡情而再也不被輕易進入。

三十年間，以淡水爲題寫了近二十篇相關的散文，如今看來，倒是愚癡而悲壯。

渡船依然來回於兩岸。賣炸蝦串、鐵蛋、魚丸的店家直至夜深，仍然躁聲叫賣！塞納河般的岸邊咖啡座？

我只是一廂情願的最初眷戀吧？是他前進，是我退後？

初版詩集，竟漏印作家之名。

他在電話那端，無所謂的啞然失笑，平靜的一慣語氣：

「你不要買，我送你印上名字的。」

我則說，漏印作家之名的初版書反而異常珍貴呢。

想他在中台灣西海岸的國中教了二十多年歷史，年輕他十三歲的妻子最近做了小學校長，生了三個好看的孩子，平靜美好的度生涯，實質的幸福之人。

我則在耗損的過程，多少顯得徒然；在這芸芸浮生的台北都會，半遁世般的好死賴活著。

2

撕裂前半生，原應擁有的人間幸福……所以啊，我永遠成爲不了詩人。摩羯座O型的男人，矛來盾去的糾葛心性，注定要受天譴的族類。

募款餐會，我還是沒去。

說是不知如何面對，不如說是於心不忍。那一夜也許在某種悲涼近乎於歷史回首的尷尬裡，我缺席，駛著車，來回於四百公里的台北與彰化之間的路上。

夜暗的高速公路，思忖著今晚必然的隱約哀愁、夾帶著對昔日英雄的惋惜，種種安慰或也有著對生不逢時的感嘆，些微之憤懣與不平的議論吧？

事實上，我難以承受可想而知的悲情氛圍，寧可兀自以車行速度替代不再需要的濫情與自責。

3

逐次攀爬上升的疲倦，不僅是體力，更是情緒；也許意味著切割此一延綿了十年的情結。

如此的海闊天空，如此的平心靜氣，歸於最初之虛無。

4

山間公路蛇般蜿蜒爬升。

在轉彎處某個空曠的制高點，可以遙看汐止與基隆壯闊的延綿群山，更遠的金瓜石以及海岸線朦朧的鼻頭角垂直的削壁。

橘色的廂型車，打開就是行動咖啡店，巧思的擺了十多張摺疊桌椅，山色幽幽，一片靜美。

要了杯摩卡咖啡，舒適的抽菸。

手機嘩然打破一山寧謐。

電視台晚間談話節目的通告。應了聲，關掉手機，多少有種被塵世騷擾的輕微慍意，卻立即理解的平復回來：生活嘛。

想到的，還是書桌上未竟的文字，還有未讀完的小說。

現實中仍然要如此相互撕扯，逐漸失去了激越對抗的能力了……此時，我只需要一杯咖啡而已。

自擬遺書：

1.藏書送給大學圖書館。

2.藏畫分別送給知交的作家友人，另附飛機模型各一。

3.少得可憐的存款及名下的房子自然過繼給孩子。

4.死去，立刻焚化。三天內骨灰撒在金山、石門之海域。

5.友人若不甘，請聚會開紅酒祈祝或批判、咒罵皆宜。

6.向傷過心的戀人深致歉意。請原諒這人的率性與不足。

7.不發訃聞、不要儀式。請讓我這耗損的靈魂靜靜離去。

8.感謝所有的溫暖、悔憾、背叛、誤解、美麗及不被瞭解。

9.我僅埋怨：爲何要存在？

6

義大利晚餐菜單：

1.香草春雞：古老的炭烤。

2.焗蔬菜：黃甜椒＋川七＋白花菜，自然的香氣。

3.鵝肝醬牛排：五分熟，沾料祕方不詳，取後小腿側。

4.墨魚麵：夜的色澤，無腥味。

就僅有一點美中不足。我問說：「何以沒有托斯卡尼Chianti紅酒？佐餐酒竟是加州出產？要嘛，就全套的義大利。」

一身雪白的大師傅頷首同意。

想起去年冬天，夜深的異國小鎮，穿越急驟的落雪，找尋旅行誌所一再推薦的西西里風味的餐廳，竟至受寒，咳嗽不止。

生命裡的執著，用在美食的品味上，非找到不可的積極性，卻在倦於現實人際應對的消極而言，毋寧顯得自己是多麼的不合時宜。

7

朋友，在漸去漸遠的路上。

以犀利、自許公義之筆，批判十年的政論家，十年後像隻乖馴的鴿子，讓彼時痛斥過的投機政客拉舉他的手予以褒揚，並敬仰政客如父，奉爲信仰。

昨非而今是。到底我要相信他在政論裡書寫了十年的滔滔公義，還是此時甘於臣俯的變貌？如果有一天，能夠同座再聚，我一定要鄭重的向他問起。

無關是非，無關意識型態。所要請問的是：十年的堅執，何以傾圮於旦夕之間？並非反詰，而是想獲得一個明確的答案。變節如此輕易？眞的被殘忍的現實擊潰了嗎？

珍惜的，是與朋友曾經攜手共度的青春，那些熱切談論理想的日子……美好果眞不再了？

8

幾乎是每周一次的越洋電話。

大約在凌晨到拂曉之間的台灣，十二個鐘頭的時差，美國東岸時間是暖陽、輕風的午後。我想像中風之後的小說家，許在林間小徑以緩慢的散步做爲奮力的復健。

「好些了沒？」第一句話，我問。

「很慢，進步不多。」他的微嘆。

「把心放開嘛……」慣常叮嚀。

「中風的手腳有時痛得難受。」

「那證明知覺還在，加油。」

有時，他的來信永遠是我最可感的愉悅，卻又心疼書寫的用力所引致的痛楚：

「通電話就可以，不要寫信，太辛苦了。」我神傷著說。

我翻看昔日的相片：一九九六年第一天晚上，在積雪很厚的，他的丘陵上的家居，燦爛的笑語，爲同是小說家妻子清理碗盤的俐落動作，歷歷如在眼前。

9

說著說著，他就沉沉睡著了。

微霜之鬢，一如不馴的海浪依然怒張，彷彿重見三十年前的年輕小說家，在入眠之後，少年王鶴群是否在他夢中呼喚？

也許，我們都同時老去了。

然後，又在另一種輕微爭辯的聲音裡，幽然醒轉，立刻準確的加入談論，不偏不倚。曾經是政治中人，卻愛說文學，想見，小說的因子仍未抹滅。

我們這一代，天譴般的糾葛於政治與文學之間，漩渦似的被撕扯、翻轉。半百之年的子夜酒聚，文學話題反而呈現真心的懺悔、洗淨的救贖。

他熱情的提及奈波爾的《浮生》，又笑說哪個台灣詩人像愛爾蘭的黑尼……小說家又回來了。

10

二十年後，子夜的DVD重新追憶年少時代的《齊瓦哥醫生》。

輕柔的琴聲響起，詩人穿過拂曉濛霧的樺樹林……金髮如陽光，美眸若碧海的茱莉克里絲汀含淚驚見故人無恙：「眞的是你？」

奧瑪雪瑞夫似乎深眸恆是滿含著淚光，所飾演的詩人一生注定要與最心愛的戀人分離。

小說原著，說的不正是巴斯特納克自己的一生？沙皇的騎兵高舉彎刀，衝入示威的工人群中：「格殺勿論！」一聲令下，子夜茫白的莫斯科雪地鮮血染紅。

至今，俄國仍在小說般的深切憂傷裡，猶如主題曲〈Somewhere my love〉……愛究竟在何方？

偉大的小說，不朽的電影。

我的年少不就停格在詩人深情易感的淚眼之間，彷彿，在朦朧的追憶裡，竟也迷路了。

11

厭倦於無謂的應對，自然就封閉與外界不必要的聯繫。

不識時務如我，也是三十年來固執己見導致：成爲人所誤解、認定的不合時宜；因之就有所爭議，流言或嘲謔，過去會多少黯然神傷，如今卻習以爲常。

生存在一個不被祝福的島國，若是在乎，會活得分外的苦澀。那些未能深識，卻擺弄舌頭，嗜傳流言之人，就隨他去說吧，我生來就不需要欠人一個答案。

如今無處不政治。意識型態可以荒謬、殘忍到割裂友情，政治立場正確才是聰明，沒有比這般的膚淺及粗暴，更讓我想要背叛。請容我以不屑的徹底沉默，替代無益的唇舌爭辯吧！

在文學裡，我豐美如純淨的嬰孩，至於虛華的表層就留予他人。

12

造物主的公平，在於美麗會凋萎，青春會老去，純眞會慢慢世故。

所有生命認爲的苦痛，到後來美其名爲昇華，多少是自欺欺人的解嘲之說。傷口結痂依然印證著曾經受過割裂……。

手記寫到這裡，好像有些說教意味了，落入言以明志的迂腐陷阱；如何以詩般的筆觸來書寫不美的人生？怕連造物主本身都顯得乏力而無語。

我自始衷心傾往，一種文字組合的美學，哪怕是議論世俗之事，以靜觀之冷眼，呈現火熱之心，眞情是絕對必要。

在小說餘緒之間，悄悄的寫了幾首詩，竟有著異常的幸福之感。似乎向造物主故意開個小小的玩笑，要祂措手不及。

也許，正是一種無害的惡意。

13

我的長篇小說就從Siena開始。

日本女子以爲異鄉已是拂曉，拉開厚重的棉質錦帘，才知是窗外已然堆積終夜的茫白雪光。

連續兩個冬天年末，我在Siena駐足。他們說，應該在七月來義大利，Siena有一年一度的賽馬節。我卻貪戀此城的山色靜謐以及印有公雞標誌的Chianti紅酒。

這小說是突然閃入我的思緒中，那是坐在山城市政廳巨大的貝殼廣場，一個日本旅行團挪近我正啜飲著的露天咖啡座，一個秀緻的日本女子將相機遞給我，託我爲她留影，午後二時明麗的陽光灑下，澄藍的天色映照她亮爍之眸，錯覺間，彷佛是藍色的眼睛。

給予我一個屬於「隔代遺傳」的異想，旅行回來半個月，開始動筆，我的心，卻留在Siena，一直都沒有回來……。

14

情愛，有時比死還要絕望。

好像，幾年以來怯於言愛，遙遠的往昔，生命中來去的女子，而今幾乎記憶不起她們的容顏、聲音、體態乃至於相處的狀況。

傷楚的情緒似乎追隨時光的流逝，竟逐漸朦朧、淡去如晨起茫白的霧氣……哪怕奮力追想也變得徒然、無措。

是否老去的年華，已不需要回憶？或者忘卻是一帖最好的解藥？

曾是情愛若夏季熱燙的浪潮襲岸而至，忽然一下子退捲而去，怎麼待定睛一看，竟已成了沙漠？

我的絕望，仿如逐漸傾圮的古老城牆；心凝凍如不融之冰，無歡無悲，痲痺、硬化，漸漸失去知覺。長夜深暗，我會一再自問：我是誰？死般的靜默。

情愛，眞的比死還要絕望？

15

子夜，就在四圍的書籍堆積裡沉沉入眠或幽幽醒轉。

常是翻個身子，換個姿勢，睡意朦朧的瞥見次序排列在由上而下的書背，明顯的標題；偶爾卻因此而掀開被褥，隨手抽書，就看到拂曉時分，天光微亮。

我睡在一個寢室及書房互用的四坪大空間，哪怕連書桌下日久月長，書的數量增多，竟也被厚薄不一的各類書籍壅塞、壓迫。

書成了靜默的侵奪，卻也心甘情願。而我所能挪動、躺臥的位置就大約一張大床的高於地面十五公分的和室木質地板了，床褥就收在兩扇百葉門後的衣櫃下端，睡眠時取出。

這樣一個被藏書包圍的男人，私心是幸福的；狹隘的空間，卻是各種智慧的堆積，就怕書永遠看不完。

16

菠菜和生蠔混合打成一種湯汁，有著異常的鮮甜，卻無腥味。

同席的美麗女子怯於品嘗。請客的主人一再鼓舞她一定要試試此一美味，她雖有憂色，還是勉爲其難的試了幾口，輕淺的、優雅的笑了。

曾是極富盛名的電視主播，兩個孩子的母親，而今在中國北京念博士學位。戲稱她有一張觀音臉，她反問：觀音不就是男身女相嗎？

據說，爲了母親的病痛，有段時日她吃素祈願，勤習佛理……是否因此原本典雅的容顏，顯得更爲莊重猶如觀音之拈花微笑。

其實，不該有太多揣測。

毋寧說這女子一直有她堅執的生命意念，抉擇接納或捨棄、淡泊或浮華、愛或不愛……。如果忽然哭過長夜，徹悟了人世種種，穿越了不安與困惑，人人皆是自我的觀音，那該要有多少忘情？

17

母語詩之可感，在於費心尋回散失且逐漸被湮滅的土地之音。尤以客家、原住民近年對自我母語之覺醒，說來是重現族群之尊嚴及文化的原本主義。

有音無字，一直是母語運動的困阨，哪怕是近年最強勢的河洛族群，亦爭論極多，以羅馬拼音或漢字，喧嚷多年，不一而是，卻可見有心人之憂心如焚。

小說家宋澤萊在母語詩的奮力及誠意，從《一支煎匙》到《普世戀歌》兩冊以河洛語原創，再以華語譯之，呈現完整適切的最好詮釋，仿如土地秋收般之豐饒，令人激賞。

讓母語文學母親般的溫暖貼近，泛政治、挑動族群爭議的非文學惡念，必須避開；母語文學還是要追求美質，內涵永遠是不滅的定律。

18

名片，仿如是一張又一張，奮力追索的臉譜地圖；我卻總是在地圖中一再迷路。

銀行協理、編輯、企業副總裁、餐廳副理、主播、助理教授、研究員……反而少見作家、詩人之名銜。是怕被人訕笑的理由或這大多膚淺的島國，原本就輕忽於文學、藝術的創作者？

各種場合，交換名片，回來整理時，卻索盡枯腸，錯亂的不知名片的主人容顏爲何？好像自己不小心打破了鏡子，支離破碎的碎片，嘲諷般映照出各種不同的陌生之臉，誰是誰？

到後來，連自己都倦於發送名片。也許初識的陌生人也會有同樣的茫惑之感吧？如果我的名片印上「文學作家」，他人如何看待？加深印象？或是鄙夷棄之？

還是，不要增添別人麻煩吧。

19

收藏十年的油畫，猶豫很久，下定決心交付友人的募款餐會予以拍賣，主要是排除每次見及，內心隱約的傷痛。

好似決意告別深愛多年的戀人。

冷慄、凝重的用色，深鬱的青綠，秋風在山谷之間聚為巨大的流動渦漩，明白宣示的生命糾葛不去的憂愁與反挫。

我的不忍在於這人世對於你的誤解與嘲弄，那極端不平在你絕食而死才獲得平反，竟是以不懼的生命悲涼之換取。

還是不公平！不公平！

那些鼠輩般的人，竟仍以政治理由詮釋你勇敢赴死的高貴情懷，永遠不會知悉你平靜向我提及的：

「我，還有什麼是不能被拿走的？生命啊，脆弱如一張風中的紙片……。」

20

高空飛行，雲卷軸般攤展。

這段文字所運轉的右肘微微痠痛，緊握的筆失去重力般的，彷彿不馴的試圖掙脫，飛鳥般的浮起。

如果，我仍蓄意的堅持書寫，文字會不會顯得失去意義？若不竟筆，又怕因爲困囿於艙壓的某種不適，而隱約喘息難耐，變得焦慮。

這架A340客機剛飛越希臘南端的克里特島東緣，湛藍如海的雲端之頂，如靈魂在無意識的夜夢底層無以制止的漂流。剛要了一杯紅酒，卻難以下嚥……。

賈西亞馬奎斯的《百年孤寂》滑落到椅旁走道下的磚色地毯，空服員細心的爲我撿拾歸還。

我，仍然堅執書寫。

雲，凝凍如不朽的古老城牆。

筆，凝凍在我依然隱約作痛的右手緊握裡，遲疑片刻，終於寫下：羅馬，是否落下第一道冬雪？

卷五·流亡

這是一個不必真心，不說真話，不用真情的年代？

1

母親與電視裡的美空雲雀一樣的流淚、哽咽；哀傷如此同步。

骨癌末期的日本歌手，五十歲因病而明顯削瘦的臉顏，卻依然盡職的，一向開朗的笑意，以著勇健的嗓音唱著平成元年，她的最後一曲：〈川の流れのように〉。

「據說，她堅持不截肢，寧願在舞台上唱到最後呢。」我解說著。

「歌聲還是那麼好呢，眞不愧是堂堂的美空雲雀。」母親感慨答說：「三十年前，她來台北豪華酒店開演唱會，你父親帶我去看，一張門票就要兩千塊錢。」

彷佛是母親最後的時代。我奮力收集了盡可能找到的DVD，讓那燦爛、回味的美好時代連接了回來。眞的，歲月如歌中的河川流逝，回得來嗎？

美空雲雀。一九八九年六月十四日病逝於日本東京。

2

像一群慵懶的嬰兒，打著可愛的呵欠，緩慢的平行前進、後退。

銀白近乎透明的，又似小女孩裙襬小蕾絲邊的飄動、閃熠，那是泅泳的蝶式。一雙嬰兒般無邪的黑眸鑲金，定定的瞅著玻璃水箱外的我；彼此面對，成了無言卻熟稔的交會形態。

屬於墨魚的一種，俗稱「軟絲」。在水裡，像一支圓胖的燈管。前端的觸鬚肥短，像嬰兒的指頭，柔嫩著一種嬌憨。秋涼時節，齊聚近海，夜深燦亮的誘魚燈一照，全都圍繞到漁船四方來。

我常在海岸的食店前與牠們相遇，偶爾去了離島的水族館，靜靜看著這群彷彿嬰兒般的墨魚，想著原本自由、自在的水族被禁錮乃至於大多數成了人類的美食，一時之間，竟不知如何用文字描述了。

3

所有的道德，形成大多數引爲眞理，而凸顯出來的虛僞，是我們島國住民實質最大的恥辱。

很少靜下心來，去客觀衡量事物的必然或偶然；自以爲是的認定標準決定是非，或日立場，或日民粹，慢慢的成爲規格化、一貫化，自詡民主，卻是獨裁。

人，可以自由的決定自我思想。

人，可以大聲的說：不！

人，不必人云亦云。

人，更能夠反對多數的盲從。

我們的島國，從早年的封鎖進步到開放，卻又逐漸倒退回封鎖。我們的心曾經怒開如盛夏之花，卻縮回冬冷硬土裡的種籽，缺乏的是眞正的自信。

渴望是一片壯闊的森林，各種各的樹，各開各的花；體恤、包容不同的聲音與意見。對島國而言，這條長路仍很遙遠。

4

沉默的夜海，只有無邊之暗。

這古老山城觀光化後，回來的年輕人不多，反而是外地人進駐，沿著長長的石階兩旁，構築了懷舊式的咖啡座、茶店。夜來紙燈籠亮了一整條逐漸岑寂下來的小街。

臨著三樓窗檯放眼而看，海的位置是黑夜的一部分，更遠的遠方，稀微泛青的光點，不是陸地的房子，而是夜釣的漁船群。

外婆的故鄉，只有深夜才會拜訪，猶如是在外地漂流很多年的鬼魂，悄然回來尋找舊憶。

「再往上走幾步，阿嬤抓小魚給你，來啊，奮力的走吧。」

外婆總這麼說，童年的我哭泣不依，卻被一隻篤定的手，牽著我循著這條長長的石階往上攀爬，粗糲的石塊，在少小的眸中是那般之巨大，四十多年前了……。

桌前的咖啡正熱著，我撕開糖包，倒了奶球，海在夜暗深處。

5

關於墨西哥的女畫家芙瑞妲卡蘿。

不止一次，她提及這有著一雙濃眉的傳奇女子的特異質性，似乎在敬慕之間透露著學習與效法的堅信心意，聽著，我有些動容。

地球另一端的中美洲，加勒比海與太平洋接壤的墨西哥。台灣海峽與太平洋的這一邊，她有段時間亦奮力作畫……但永遠不會有第二個東方的芙瑞妲卡蘿。

她的傳奇在於里維拉以及殘廢後的恆久病痛。將自我裸身送上手術台，以畫描繪切割、尖刺、縫合的椎心之痛，家族史般的畫幅延綿出記憶的多彩顏色。

生命至極的絕望，藝術的永恆性被後人所傳誦，以更巧美的包裝……如果芙瑞妲卡蘿地下有知，也許會怪後人多事。我倒想知悉，她經常提及的傳奇之外，最近又畫了哪些作品？在這紛爭的土地。

6

冷杉林間，漫步在微霧，蕨類濕濡著清沁的大氣；你，不知道我再來了太平山。

那年，我們還年輕，你剛完成了第一篇少年小說《再見天人菊》。我問說，你是澎湖人嗎？不，我出生在花蓮。於是自然談到陳列的散文、陳黎的詩；你說，少年小說仍是未待開墾的處女地，你要奮力的漫溯、尋索。

熱情的開車帶我到仁澤溫泉，上了太平山，渾厚的嗓音盈滿興味的預告：午後會看見漂亮的雲海。我則思索一路東來，茫茫滄海所見的龜山島，突然問我：苦苓還寫不寫詩？

吳敏顯告訴我，你病了，要定期做化療。

這是幾年之後的震驚，想起在副刊工作時，你慎重的交給我一個長篇：《少年噶瑪蘭》。透過電話，你在宜蘭。我笑說：替我向龜山島致意，還有黃春明先生……。

我沒告訴你，我在太平山，記憶裡卻有你同行；你在養病，只想說：平安，保重。

7

情詩之可感，總在分手之後。

譬如：一個遠去不見多年的戀人，所遺留的，是熱愛之時的美麗形影，五年、十年、二十年過去，永遠是停格在青春、燦爛如火花般的一刻。

所以啊，我曾試寫過的情詩十四行，原本就十足的薄弱、不堪。至今，她仍像謎。情詩以「玫瑰」爲題，十四首十四行詩，還以音樂襯底、親口錄音的碟片，多少顯得一廂情願的荒謬與自期。

絕版的唯一詩集序中寫著：

十四首情詩，十四張卡片，獻給永恆戀人的花言巧語。每個月捎一張給他，一年十二張，無論他在身旁或早已離去；剩下來的兩張，就留給傷心的自己。

這段文字其實是寫給讀者的促銷文字，說是傷心，卻早已沉默平靜。

可感的卻是最初惦記的思念。

逐漸不易被激怒，換之的卻是冷眼的不屑。

8

魯迅以「不正眼看人，是最大的輕蔑。」問題是，不正眼看一個不屑之輩，他卻掌控權位足以左右決策之時，有識者能不憂心如焚？

言必稱改革成爲喊久卻少兌現的空頭支票般的口號，成了令人生厭的小丑；原來「誠信」二字竟是不可得的高貴情操，當年反對掠奪之人如今拚命掠奪，不時操作民粹，仿如吹笛人，一群不明所以之人，跟著笛音起舞……。

政治如此，人性亦然。

原本是屬於文學形式描寫的，關於「不屑」的主題，卻又不由然被牽引到某種政治面相，說來還是不得不被激怒。

無處不政治，連我都試圖脫離卻脫離不了……渺微如我，就算不屑，怕都顯得困難。

9

或者，我們應該多談文學吧。

大約四年前，有人大聲疾呼：「文學已死！」杞憂之心波動如浪潮，錯覺多少認爲文學已不堪這極端世俗之沉重，果眞瀕臨絕滅。

以「暢銷書排行榜」知名的連鎖書店依然排列著各式淺薄、花稍的書籍，或以蓄意造型的作者相片爲封面，花蝴蝶般俗豔，歌手喧譁小事皆能成集……。

幸好，嚴謹的，以文學引爲志業的秀異寫手們，從微若疏星的低沉裡，再次勇健的勤於創作，四年後，豐盈的種植終於蔚然成林，世紀之初，壯闊而美麗，不必理會、迎合膚淺讀者、市場機制的認定與要求。

文學原就是心靈唯一淨土。是讀者追隨文學的深邃，不是文學遷就於讀者的淺薄。

10

我們的城市，是迷幻異境
虛擬、不安，明暗互見
誰也不相信誰
僅能自我放逐，如漂流鬼魅

政客說美麗謊言
沉腐之惡臭，累積罪的汙漬
自我都疑惑，是否人格分裂？
反而精神病患格外清醒

舊約呈現天火焚城
法利賽人祭拜金牛的墮落
摩西從西奈山走下，十誡成粉末

人，學習相互背叛，上帝呢？

夜深伴酒哭泣，心跳時快忽慢
死亡與情欲難以分野
眞情逐漸枯萎，風化爲沙
堅持絕望，城市成了廢墟

11

穿越光，嬰孩感之生而爲人的悲哀
放聲痛哭，母親卻如釋重負
慈藹愉悅，笑靨若花
穿越光，嬰孩是初曉的先知

溫潤、柔軟的乳房沉睡
拂曉前堅挺、插入
回到母親子宮裡，羊水的安適
她的嬌嗔微嘆，醒而復眠

隱入暗影，窺探前生的原罪
以海的狂浪，火之熾烈
蛆般退縮、蜷曲

仿如詩句卑微的一個逗點

生之旅，光影明暗穿越
不思不想，撕扯糾纏
情欲之終，竟是茫漫荒原
最好永遠沉睡……

12

阿育王之子在花香與光中誕生
萬物俱寂，只有嬰孩悲憫問天
離親別鄉，悉達多苦思流亡
兩千多年，佛陀還是尋不著方向

達摩面壁（世人金身造佛）
一葦渡江（世人構築寺院）
南泉斬貓（瓔珞及寶石）
奈良東大寺一把火燒盡

阿難啊，追隨我仍然迷惑
迦葉啊，生老病死依舊輪迴
想那年，所有油燈都被吹滅

僅有的光，是盲眼丐婦以髮換得
是啊，儘管以佛之名大興佛院
世俗、私心虛幻謂為救贖
悉達多的我，孤冷流亡至今
佛，滅。即是，無我

13

同時閱讀三本小說：

1. 悠悠家園（韓・黃晳暎）
2. 紅色古堡（日・渡邊淳一）
3. 迷園（台・李昂）

後者是二度重讀。二十年相識的文學摯友，卻在翻看時以全然單純的讀者身分，而自行告誡，不能以私我情緒視之，這樣，一個陌生、冷靜的我出入於三個小說意境之間。

囚禁、權力、情欲三者共通於相異的文化氣質，同樣呈露的是人性內層的不安、自省及悲哀。三個作家不就在曾經最珍惜、最寶愛的生命美質之中，尋求某種自棄、自傷的反思？小說家還是忍不住，多少跳入了小說的陷阱深處。

小說家不是不知道身陷其間，卻必須如此。是否亦是己身的一種告解？進而求得救贖的力量？

可能沒有機會請益於前二者，但也許可以找個時間，問李昂。

14

據說，是這小鎮最古老的客家菜，僅有三張桌子，三代人動作俐落的張羅客人所點的吃食。

八十多歲老祖父，抓一塊五花肉、一把空心菜，準確且迅速的分段切割，老花眼鏡後的一雙眼，竟是異常的平靜、明亮，笑容溫文爾雅。

在菲律賓當過日本兵呢。上次我來，老先生興致一起，唱起純正的日本軍歌，凜然之氣，令我震撼……

裝置藝術家如此形容。

半世紀之前，二次大戰之末，燠熱、潮濕的異鄉叢林，被徵召的客家男子，仍是青春年少的靦腆、沉默吧？同伴一一被殲滅，絕望之淚與生命之傷，他活著回來……下半生再也不曾離開小鎮。

粉腸炒薑絲，要趁熱吃。

老祖父親手上菜，囑咐的說，深深的凝視我一眼，隨後轉身。

小店外的夜街，冷慄微雨。

是否酷似半世紀前的戰火異鄉，那已然冰冷之心？

15

登臨玉山之約，盼望許久，卻在時日接近之時，感到自我的厭倦。

一生，應該上一次玉山吧？

去年，路過塔塔加鞍部，晴空雲稀，偶舉目，玉山主峰赫然如高牆般削突於雲之頂端，千仞挺拔，不可一世，無限的誘我。

誘因是：哪天能夠登臨於島國最高處，放眼雲下壯闊之野。年少時總說要征服，中年之後閒適成，若無體力攀爬，就在山腰坐下，仰首望之可也。深秋之時，高山百合、山杜鵑應該開滿玉山之下，一定要上主峰嗎？完成所謂的「攻頂」又意味什麼？心願達到？或更大的卑微與虛茫？

厭倦，不是害怕體力不濟；反而是油然而生的不知所措了。這反證著自我生命的逐漸微弱，或者長久以來的孤獨所致……竟而失去了對未竟之地的預期興致。

16

加起來一百五十歲的三個男人，在公園邊的露天咖啡座聚首。

談及過往戀情的狂熱與傷心。不多話且一向個性冷傲的建築師，竟無比感傷的提及十年前的中國武漢。二十二歲的女演員在最後分手時分，在旅店裡放滿一缸溫熱的洗澡水，裸身共浴，堅決的說：

我，要你永遠記得我。

冬冷的北京首都機場，最末班機返回傷心舊地，分手一段時日的女子卻奇蹟般的出現，且與之同機，那種猶如刀割之疼痛。

如說不是緣分，又是什麼？那般廣闊的中國大地啊。

建築師感嘆的拉高嗓音。

這女子勇敢又伶俐呢！好一句：

我，要你永遠記得我。

另外兩人同聲評議，繼而是三人沉默相對。蕭索的晚風強勁了起來，桌上的咖啡冷了。

又是另一個天涯海角。

17

在玻利維亞，被砍斷雙手處決的詩人切・格瓦拉。

不去論斷他的左派革命信念，我所想及的，是砍斷的雙手意味為何？不再寫詩，不能再扣扳機，滅絕生命卻成就一個傳奇？

古巴革命前夕，詩人騎著摩托車旅行在南美狹長的壯闊大陸，狂熱、傲岸，正是詩人本質，別忘了，還是個仁心濟世的醫生。如果不是悲壯而死，怕英雄也難成為傳奇。這紛擾的人間有時荒謬得不知何解，死是最適切的詮釋，所有的罪與錯，愛恨情仇皆可原諒，且被詩歌般讚頌。

去古巴哈瓦那旅行的人，帶回Cohiba雪茄、蘭姆酒之外，就是切・格瓦拉的圖像……有沒有人讀他的詩集？

被處決、掩埋二十多年之後，詩人的骨骸才回到古巴。而那騎摩托車的阿根廷人還在流浪。

18

巴哈：〈義大利協奏曲〉。

德布西：〈快樂島〉。

貝多芬：〈皇帝鋼琴協奏曲〉。

普羅高菲夫：〈瞬間幻影〉。

我僅能從DVD映像裡，揣測妳雙手如一對互跳的舞伶，流轉的陌生音符，蝶般的飛起、落下。

謹慎、用心的凝神，像一道月光遍照，波光粼粼的深谷溪流，淌過我所不諳的樂曲；竟不用目視琴譜，所有音符早印在妳記憶之中，合成妳美學的一部分。

子夜，妳可知悉我逐漸高漲的喘息。無燈之室，妳的獨奏彷彿爲我揭示一個華麗且魅惑的神祕儀式；樂曲如酒，我恍惚陷落在柔軟床褥，甜美欲眠。

如果妳將其寫成一首詩，不如我們開酒共飲；穿過音樂的月光之河，冷慄而來，燙熱而去。

凝神之眸，竟有憂愁幾許。

19

沙漠背面，依然是無垠沙漠。

如女子躺臥，向兩側微微低陷、散落的乳房弧度。

前世，但願是獨駕古老雙翼螺旋槳飛機的旅行人，靜靜的飄浮在乳房般一波一波隆起又陷落的無垠沙漠之上，不著陸飛行，直到永世不回……。

我能在手記的描寫中呈現最眞、最創痛的回憶？抑或是在記載同時，獲得告解後的全然忘卻？他們說：這是一個不必眞心，不說眞話，不用眞情的年代。

果眞如此，我寧可永世流亡。

像那獨自消失在沙漠與海接壤之地的飛行員作家，自願永遠的與世隔絕。或者油盡墜落，殘骸與手記一起焚毀，在漠漠荒原，沒有人看見。

雖然他們說：這是一個不必眞心，不說眞話，不用眞情的年代。

20

冬冷之島，仿如亡故。

交通船劃過墨色的海潮，沉重如切割久置凝結變硬的果凍。從島到島，不爲抵達，只是航行的過程；玄武岩如柱排列，灰濛濛沒有生息，入冬，連島都沉眠了？住在北投楓樹路的詩人多少年不曾回返這年少時期的島，說過要書寫的《深海記事》有沒有動筆？

還時常心悸、偶來的疑是飛蚊症困擾嗎？我應該邀詩人喝酒，像那年中和街底的客家菜及他所嗜飲的德國黑啤酒……。

只是突發其想，抓起行囊，一個小時後，已身在飛越海峽的航機後座，空蕩蕩的只有十二個旅客，這冬冷時節，歸鄉的旅人占大多數吧？臨時起意想去島上走走，看灰濛的沉睡之海。

是啊，我就站在交通船濕濡的左舷，在島與島之間不思不想。

島的冬天很冷，死寂無色。

卷六・有人問起

將軍失去戰場，迷失在無垠的時空倒錯之間，
是生命誤入迷宮或自願闖入孤寂的領土？

1

陡削的碎石坡，雙腳怯懼，微微顫慄；恍惚間，夜暗所見的巨大山脊流體般的挪動，巨獸似的有著甦醒，呈現猙獰之利齒向我奔來。

他們遞給我一杯水以及止痛錠。月光皎亮得近乎妖異，軟弱乏力的身旁是最後的植被地帶，低矮的圓柏之下就是削直險峻的坡谷。

心悸，猶如生命臨死前的絕望。

同伴們的頭燈之字形的延伸到百公尺外的高處，流螢般微光。坐下來，試圖除去暈眩，意識堅執的自我提示：必須要走完此一路程。

高度是海拔三千六百公尺，空氣逐漸稀薄。一向少運動，終年伏案書寫的自己，知悉遇到了障礙……無關榮辱，只是爲了不想增加同伴的麻煩，還是必得堅持下去。

哀傷的自我宣告，是個無用之人。靈魂在凌晨四時，冷冷的反挫，僅能以書寫印證生命之價値嗎？我又站了起來，星光滿天。

2

仰首，巨大的岩岬，玉山頂峰。

北斗七星被遮去一半，緊抓著夜露寒凍的鐵鍊，正通過風口。如果就往後仆倒，雙手鬆開，像個自然落體，直墜而下……。

三個小時前，排雲山莊擁擠的通鋪，沒有人睡著，互問著起床時刻，偶爾間歇入眠，寫過《永遠的山》的作家鼾聲如飽滿的鼓風爐……玉山登頂，如魔幻之魅惑，熄燈之後，專研古道找尋的詩人起床四次，到屋外看子夜之月。

終究是渴望與些許敬畏的期待。

回家之後，如何書寫玉山？

也許，由於親臨而無以下筆……

意外的無風無雨，月光銀亮著玉山，更形巨大而壯闊，映照自我的渺微。在體力極端的耗損之間，所有文學的字彙似乎成爲徒然。

月未落，日已升；雲流延綿成狹長之河，與冷礪的岩壁緊依，再上去三十公尺，就是主峰之頂。

這是二〇〇二年十一月二十日晨六時四十分的印象筆記。

3

意志的絕望，導致生命之鬱結。

昔時所謂的「使命感」，如今卻以千百倍之殘忍，在偶爾浮現的追憶中，切割著內裡一再的、反覆的思緒，轉爲對自我的恨意。

不是錯的抉擇，自然不必後悔。是最初的理想與信念質變？還是自我年華漸老而成了保守？二十年前激進、狂熱，那段風起雲湧、豪氣壯麗堆砌遠景的年代，那般的義無反顧，向前堅定的走去。

沒有雜質，美麗的綻放。

在無以察覺的黑暗裡，有人以理想之名細加盤算；隱於危阨之後，形於安全之前，賭徒的投機性格竟也坐擁一片江山。

這是魯直、愚癡之我永遠無以學會的詭譎。明悉這紛擾的年代，早就失去純淨的美德，那麼就不必有過多的感傷。

或者，與他人一起沉淪、墮落？而後有一天，如何來審判自己？

4

這手記的沉重，在於自責太多。

摯友的評語，有他立於清晰冷靜的位置，忍不住善意的叮囑。

自我有生以來，所具的悲哀因子，是必須要逐漸清除，而非耽溺，引爲某種美學的辯解、推託。

哪怕一朵潔白、芬芳的花朵，在霉濕的陰暗汙泥中佇立，依然不會減損它的特質。

手記的紙頁，空白泛發著某種米黃的色澤，黑的墨跡寫下，它被填滿，猶如犁土後，播種、發芽、成長爲豐盈的作物。或悲或喜，生命情境皆一覽無遺。

裸裎自我的思索，是否也是另一種罪行？譬如他人在閱讀之時，所映照的相仿經驗，而導致的不安與哀傷。這樣書寫此一手記的我，豈不就是某種敗德？

自己扣問靈魂之門，卻同時灼傷他人，這罪行怕連上帝也無以裁定；如上帝面對大天使加百列。

5

詩人領導農民運動，風起雲湧。

他的不變與堅執，印證了坐而談不如起而行的實踐情操；二十年來在偏遠、荒蕪的東海岸做一個日出種作，夜來寫詩，磊落、素樸，昂然不屈的活著。

若說起「農民詩人」，提及愛爾蘭之黑尼。學院評論的角色，在於諾貝爾文學獎之光環，或以愛爾蘭民族對英國百年壓制的悲壯所衍生的詩作，予以褒揚。

以《西瓜寮詩輯》爲題的詩人，不必文學獎襯托，一樣能行走漂亮身影。來自島國四方，齊集首都的十二萬農漁民，在詩人佇立於指揮車上，不必念出感人落淚的詩句，依然延綿出實質的土地之愛。

一九八八年五月二十日，我和詩人在農民抗爭的街頭相見，他勇健、堅定的掄起自信的手勢，詩，是如此的壯美，如此的永恆不渝！他是詹澈。

6

競選宣傳車的噪音，晨起就在窗外喧譁難耐；拉開帘子，乃濛著濕冷霧氣的山稜，灰著臉。

我，只是想逃離這城市，因選舉而紛擾及不安。試圖以George Winston的〈四季鋼琴曲〉對抗，清盈如山澗之水，晶瑩剔透的沁入……平靜的泡茶。

（咱所支持的××，爲台北市民流血流汗，監督市政，絕不妥協！）

鋼琴曲流迴著夏之章，彷彿滿園向日葵陽光般微熱的燦爛。

（台北IN起來！什麼是魄力？色情趕出住宅區，松山機場要遷移。）

茶葉暈開如海中的藻類漂浮。George Winston靈巧的十指，飛躍在黑白鍵盤之間，低迴幽柔，帶點清冷，該是進入秋天了……轉紅之楓，草原逐漸蒼鬱。

（無黨無派，形象清新，要替市民做牛做馬，神聖一票請投×××……）

鋼琴家終於忍不住哭了。

7

六個漢人作家的文字，被鐫刻在六塊岩石上，主題描述此一原住民之鄉，蔚爲文學步道。

其中之一的詩人不以爲然，反問我：是否侵入他族的領域？

促成此事的作家陳銘磻，出自於無私之善意，三十年前他在這名叫「那羅」的山村執教小學，以〈最後一把蕃刀〉呈現原住民的某種困境及其精神層次。

我走過一趟，六塊岩石，深灰硬質平面浮刻紅字，下端是親筆簽名，包括我的描寫字句。沿著清淺溪流，鯝魚翻銀，山稜疊翠；泰雅友人勸酒奉菸，一時之間，多少赧然於心。

是啊，我是否侵入他族的領域？

內心萌生與詩人同樣質疑。

僅是曾以映像、文字提出對此地的思索而卻無實質助益；那麼，就必須更謙卑的向原住民學習，而非侵入。

8

白石灰房子，疊疊依偎，依山成鎮；冬冷的地中海是凝凍的幽藍，一群貓悄然走過，無聲無息。

女兒所送的二〇〇三年記事本呈現希臘島群之映像，要我在三百六十五天裡，讓那片無垠之藍清爽於煩躁之心，用意可感而邈遠。

歷史則在百年時光中，泣訴著戰火之血淚斑斑，土耳其與希臘近乎無止盡的世仇，怕不是幽藍之海相隔而能盡棄前嫌。

一九九四年冬末，希臘最接近土耳其的薩莫斯島夜晚，我靜靜的等候最後一班交通船離境，兩個小時的夜海航行，我所未能預知的土耳其……。

從雅典返鄉就不再離開的大學退休教授，精緻的藝品店，賣了我一個鐫刻著薩莫斯島圖案的金屬鑰匙圈，一直帶在身上。

有一天，女兒也許會去薩莫斯島，在靠近土耳其最近的邊境，揣測一九九四年冬末，父親在想些什麼。

小說家東年，將自身返回三百多年前的台江內海，還原爲荷蘭軍醫，在鄭成功圍城熱蘭遮期間，以書信方式深邃、冷靜的歸納史實。

遠離中國家園，母親被韃靼人強暴，悲憤自盡，父親投敵，這明朝最後的孤臣，人稱「國姓爺」的鄭成功；我一直有個盼求，試圖以文學揣測、臨摹彼時的心境。

小說家勤於古代荷蘭文書記載，觀點出於異國視野，在閱讀《再會福爾摩莎》時，我願以小說相待，卻又獲取歷史之實景。如此推之，小說家正有著巨大的野心與襟懷，試圖建構有別於當前以台灣觀點的史料壟斷。

不到一年，鄭成功死在台灣。二十二年後，叛將施琅渡海征台，台灣遂爲韃靼人清國所掠奪。

我依然想及鄭成功的心情，那蒼茫的國仇家恨，他內在沉鬱的愁緒與絕望……小說如何書寫？

10

有人問起施明德。

如果以此爲題，是要以文學形式，或歷史角度及其政治判斷來予以詮釋呢？與他熟稔的友人如此問及，一時之間，我竟感到無言。

永遠的理想主義者？永遠的革命家？或有他曾經近身的幕僚以馬奎斯小說《迷宮中的將軍》予以惋惜之稱呼……。

將軍失去戰場，迷失在無垠的時空倒錯之間，也許再也尋不回往昔那勇往直前、不懼生死的豪邁、浪漫身影；是他生命誤入了迷宮或自願闖入孤寂的領土？

這片而今只有權位爭逐，早已失去最初理想、堅執信念的島國，革命不再，自由已是普世價值，施明德如何抉擇下一個驛站？哪怕曾是英雄的稱謂，再也無以持續受難半生所獲取的尊榮。

有人問起施明德……

11

子夜，撫玩飛機模型的男子。

由於半百之心，自始渴求自由。

沒有錢購買玩具的童年，好像在誕生之後就自我宣布老去。堅持成長中一種自以爲是的優雅姿勢，愚癡、執著，向世俗試圖對抗，不妥協得那般悲壯。

懷舊的老式飛機，捏拿於方才棄筆的掌間，心思頓時挪移到千里之外。被雙親冷落的小孩，現在替自我買了百餘架價格昂貴的各式飛機模型；從掌中無形的飛出去啊，跨山越海。

我所追悼的，事實上不僅是童年的冷慄和孤獨，我明白窮其半生，一直在尋找某種生命之圓滿。從怨艾到自足，從缺陷到塡補，自己完成自己，包括哀愁無告，如狗般舔癒傷口，文學是我永遠不渝的美神眷顧。

也許在下一本小說，會以飛行作爲主題。

12

聖芳濟各修士躺在阿西西古城，濕壁畫在逐漸剝蝕的年華，不厭其煩的描繪祂的奉獻及神蹟。

冬冷的風從荒原吹過整片托斯卡尼的大地，葡萄園及橄欖林彷彿沉睡，卻清醒著旅人。

在街角換義大利錢幣，一百美元兌三十五萬里拉（竟是差額最懸殊得令人微慍）。在佛羅倫斯可以換到三十九萬里拉，少了四萬，是不是交給聖方濟各的人頭稅？

整排商店賣的盡是宗教商品。教堂中的彩繪十字架、聖徒塑像無不複製齊全。信仰可以拿來販售，在沉重的大理石棺槨中躺了數百年的聖徒，會不會悄然傷心？

也許，登上了鐘塔之頂，我寧可仰看欲雪灰濛的彤雲；在靠近上帝很近的地方，冷眼無心，而聖芳濟各會不會擺動背脊上的白色羽毛，在我看不見的轉角，如雪落般的降臨？

13

宜蘭大溪漁港，作家和他慧黠的詩人妻子，牽著少小的兒子，在潮水接壤的礁岩之間遠眺大海。

海濛著向晚鹽氣的霧，薄亮泛金的夕照，七海里外剪影般的龜山島。孩子有雙黑亮的大眼，像極作家童年的再版；從西海岸靠近大陸的島到東海岸這端的島，作家在他的新書中如何書寫流徙心情？

下一代的孩子，不會再有鄉愁。

農場的陳媽媽，熱心的尋找當令魚鮮，今晚好下酒。被認出的我則佇立在防波堤盡處，默默抽菸。有些至今仍無以調整的靦腆。詩人妻子耐心的向孩子訴說一則童話，關於海或者詩。

農場滿是旅遊團，烘窯、做古老的竹工藝，晚上要放天燈。據說黃春明及田秋堇要來找我們喝酒，我趕忙將菸拈熄。

14

夢最深底層，一朵紅豔、瓣葉帶軟刺的花，海葵般微微喘息之吸吮著我若有似無的情欲。

朦朧之間，感知到一種香氣般黏液，試圖包裹我沉睡不醒的意志；暖熱微炙，輕緩且急躁。下意識，反身緊擁，柔軟、蝕人的貼近又輕離，有如夏夜之浪。彷彿十指探索、撥開細密的草葉，試圖尋覓汩汩淌流的小溪。最原始的生命漫溯以及撫愛。如猛烈的酒醉乃至於情欲之最的抽搐及放射，終至頹然仆臥。

夢吃掉所有想像，呈露空白，像肥軟之蠶默聲呑噬掉整片桑葉。味覺遲鈍，漂白水般異樣的香氣，我迷航在夢沒有距離的無涯之海，或沉或浮……。

花朵痙攣、收捲乃至逐漸沉靜……情欲回到夢，繼續入眠。

15

成熟國度的人民，要對執政者保持高度的懷疑及嚴厲的監督。

——翁山蘇姬

曾被緬甸軍政府軟禁多年的諾貝爾和平獎得主，如此發人深省之名言。在電視談話性節目評析時政，我常加以引用並心存崇敬。

在我們的島國，五十年來，無不將執政者視以「救世主」之尊位，且合理化他的獨裁及無能。執政者深諳人民向權勢靠攏的虛妄與怯弱，在施政敗壞時訴之於民粹，而不思自我反省及謙卑。

文學作家之定位，在於是個永遠的無政府主義者，筆及言論要如同一把利劍，戳破執政者權力的傲慢及偽飾的太平。

文學也許無力，卻是還原紛亂人心的最初純淨；執政者應有民胞物與之心，而非爭一時之利欲。人民對其的懷疑與監督，一如明鏡，絕對不能鬆手。

16

未來，我們給孩子如何的天涯？

天涯，孩子如何勇健的走向未來？

翻看昔照，眼眶濕熱，嬰孩深眼無語，彷彿探問：你們大人，要賦予我們什麼未可預知的命運？安排一條路，要我們怎樣行走？

答案啊，果然在茫茫的風裡？

走筆至此，一連串的問號（？）不就呈露大人的不安與怯弱，失去了自信且懷疑一向所依循的信念。

孩子啊，我要深切的致歉。

孩子啊，我不忍見你沉睡中，眼睫依然留存的晶瑩淚滴；如暗夜稀微、絕望的疏星閃爍。

大人也曾是如你般，純眞的孩子，歲月成長殘忍的切割去多數之善，留下隱然之惡質，卻劣菌般延綿、滋生，繼而盤據所有，蒙蔽內在的惻隱及溫美，躍身於爾虞我詐的人間修羅場。

到底，給孩子一個如何的未來？
究竟，大人們還要沉默多久？

17

從中國傳來的鰱魚頭，以麻辣鍋底燉之，花椒的清香與燥熱交雜；秋冷之夜，初嘗。味覺被挑動起來，無魚類腥羶之氣。

卻沒有太多的食欲……。

近年來，對食物傾向清淡，喜愛少調味料的原味；這和生命情境的轉移，多少有必然關係。一如倦於喧譁之場合，寧願獨自置身於山野水湄，靜謐的尋求明心瞭然之淡泊。

是否試圖回返最初一向渴求的生命純淨？世事看透，變得無求無欲？或者是忘情於往昔的多感多情？這樣多少是某種情傷，捨下與放棄說來消極，卻必得要從此循之安身立命。

麻辣鍋裡，熱氣騰漫的鰱魚頭的確好吃，卻沒有太多的食欲，那些油膩、燥熱終究近身而不入，我竟清澈如許。

18

徵文之外的文學獎，爲人所詬病在於政治太多，文學太少；或因人情，或出自於意識型態。

不問文學內涵、美學構成之長期認證，卻有如下可笑的理由：

1.他還年輕，可以等待。

2.他不支持某某，政治不正確。

3.他婚姻有瑕疵。

4.爲人高傲，不與人近。

5.年紀大了，尊崇爲前輩……

文學獎如此評定，夫復何言？

於是默默、辛勤，才情獨具，卻不喜交遊、不諳公關的卓越文學家就被以上理由予以否決、輕忽。流於政治正確的犒賞及主觀印象的排斥；台灣的文學獎早已失去最初崇高的信念，逐漸被恥笑、不屑而流於大拜拜之譏。

文學只有好壞，何問立場？

有志氣、襟懷的文學家更要昂然、不屈的創作，拿出雋永的作品就是給予自我最肯定的文學獎。

19

最孤絕的將自己困囿於森冷的堡壘深處，自以爲是無上之貴族。

好像童話故事描寫，穿新衣的國王，卻粗鄙呈露自己的無能與絕對的缺乏安全感。百年之前的童話作家以此告訴純眞的孩子，卻是意於言外，十足的政治反諷。

歲月苦短，有一天歷史會印證此一過程，所有的華麗，所有的權柄都成爲雲煙，請問：愛穿新衣的國王，您眞正留下什麼？

只有徒然，一無所獲。

最高的期待，終究是最深的悲哀。國王啊，您的憂愁與憤懣，是省思自我的盲點或依然寬恕自己而責於旁人？爲土地與人民留下可感的建樹，或者成爲永遠的笑柄？是榮耀了家國，還是找不到方向，急躁的羊群，連牧羊人都逃之夭夭了……

童話，印證了現實。

20

假如，記憶是古代的沉船
我們，應該學習相互遺忘

泛黃的海圖，
永遠朦朧航行的方向
迷航的三桅船啊，
百年尋不到出路
彷彿祈問上帝：
究竟天涯在何方？

時間停歇，
我們傾聽衆鯨歌唱
美麗的眸啊，
深海般之純藍……

卷七・黑衣歌手

有一天，我會像一尾失去海的魚，因枯竭死去。

1

最純淨的晨陽，映照出：滄桑之顏，四個作家，亦同時是接棒的《自立晚報》本土副刊主編，在二〇〇二年十一月二十一日早晨七時二十分的玉山主峰合影，出自於攝影家陳文發之手。

向陽、沈花末、劉克襄、林文義。

文學同伴近二十年，一直未能四人合影，卻因緣聚會於玉山頂峰，彌足珍貴的紀念。

厚夾克、綿帽及手套，同樣如燦爛晨陽的愉悅笑容；曾經連綿十多年的副刊精神及特質，欣慰於：最美好的仗，都已打過，記憶留存在台灣最高的地方，此生應沒有遺憾。

重要的是告別副刊，文學卻是持續，一如永恆的玉山。下了主峰到排雲山莊，還有險峻、坎坷的八．五公里山路才能到塔塔加。

對照相片，猶如記憶似夢。

2

再也沒有比「暢銷書排行榜」更令人厭倦。假文化之名行商業之實，卻形成主流意見，足見讀者的品味標準；詩人余光中在三十年前就早有先見之明，斥之爲「半票讀者」，其來有自，三十年後更是病入膏肓。

文學的誠意在於誠實。

嚴謹的作家不因大多數膚淺的讀者而輕易妥協於出版商與書店；後兩者更要有提升讀者閱讀的品味，而不是遷就於世俗的需索。

影歌星請人代筆，口述風花雪月而能成爲流行，封面、內頁點綴以沙龍照片，徒有金玉在外，卻敗絮其中。市場機制卻以獲利爲不二準則，嚴肅文學成了小眾，若怕寂寞，不如不寫。

既要暢銷又要排行，未來人文歷史會記住這樣的扭曲現象。嚴肅文學作家有其堅持，有其尊嚴，寧可戰敗，絕不輕易棄守。

3

相互遺忘，在時光的流逝之後。

甜美或者挫敗，耗損或者獲取，慢慢的變得毫無意義。上帝對人類僅有的公平是時光，青春果然如流星閃過，我們在不同的空間裡，一起老去……。

沒有誰眞正的獲得或失去。

如花綻開的美麗容顏哦，小白馬般俊俏的男子哦，歲月如刀，切割明顯的紋痕，坦然接納而不必追悔、怨艾。

何不自足於如同秋來紅熟的果實，生命蒼茫就視之爲天光雲影？光，就暈黃如晚霞最後的璀璨；將心思縱放如飄流無涯的雲，哪怕雲消霧散。

偶有追憶，苦澀微甘，彷如深夜喝茶，就因有追憶，在天涯各一方思索；縱不再見，卻一起青春老去，不就是一種幸福？

4

秋深的田園，收割之後的蕭索。

坐了下來，幾里外的鐵砧山濛在微霧的背後；沉默幾許，揣測這人仍未能忘情於政治，雖然不斷的旅行，爲他戮力了十年的原生植物園持續買樹，彷彿以此按捺且壓制自我的某種折損。

據說，出家多年的妻子於月前回來了，長久的陌生如何的醌腆以待？或者延續昔時的冰冷？爲了產業又向銀行借了不少錢，心中不滅的意願，是將來以陶藝爲主要產業，而以遊園爲副。有願景很好，但在淺礫文化的島國，怕到最後，現實會引致傷害及徒然……面對這位亦兄亦友的二十年老友，如何說他？

也許只能靜靜的對坐，喝茶。

喝茶，常常是沉默喝掉一整個午後，有些話多少難以啓口：矛來盾去的糾葛本質，時而易感的落淚悲歌，說：哭泣之後，淚眼看月是最美。何不說是悲涼的？

5

鯝魚洄游，
微雨的山呈露翠意
我行走，我沉思……
在陌生逐成熟悉的眼神中
終於明白
生命之眷愛始於最初之純淨

文學如鯝魚，
兀自洄游不馴
美麗的泰雅家園
我所眷愛的尖石鄉
我所夢見，我所看見

走過的路攜你前來
由於相仿之心

這是刻印在新竹尖石鄉那羅文學步道石碑上的詩句。夜來常憶及山溪中銀亮的鯝魚，及欲雨深霧的層疊山影；那群可感可念的泰雅朋友……。

6

「立委選前的十一月下旬，施明德突然喊出落選就要自我放逐的一句話，那天晚上我便很意外的夢見他一個人在國外的旅行中徘徊，站在路邊轉頭向奔馳的車輛尋求搭載……」

翻閱作家王定國在其著作《憂國》書中所寫的這段文字，幾年後的此時，竟應驗似的一陣驚心！

就在與王定國相見的同一天，參選高雄市長低迷的施明德宣布停選。作爲昔日幕僚的我，其實早已預知，卻仍有無比哀愁之沉痛；他毋寧是我最難以書寫的困阨，行路一生，仍是悲劇宿命。

曾當面向他提起我的隱憂，他以「濫情」回答我。只留得彼此無言以對，在這亂世，某種世俗價值裡，我和他顯得多麼不合時宜，不同的是他不渝往前，而我是絕望後退。

我以文學放逐。而王定國所預見的夢中的施明德，如何安身未竟？

7

長髮女子牽著一隻金黃色的導盲犬，等候新北投支線的半點捷運。

正午秋陽如酒，金黃之映照，對應著米色套裝的背影，原以爲她是盲者，那毛色燦爛的狗那般乖馴、壯美，昂然的緩步行走。

偶回首，竟是天使般的笑意。

與之對坐，她鄰座的母親帶著幼童，好奇的詢問，小手撥弄著狗毛金黃：帶這隻兩歲，從美國底特律來的導盲犬到新北投的盲人院，教導他們正確用法。她解說著，又是一抹溫婉如天使般的。

捷運，從高架軌道滑墜入無聲的地下，黑暗帘幕般隔離了明亮，導盲犬靜靜的伏臥。也許，在我所不諳的某條街巷，牠曾盡責的牽引著某位盲者，沉穩的向前走去；我所隱約觸動的，是在這冷淡、疏離的城市，有個長髮女子，帶著導盲犬，默默散發著人間溫暖。

很久不曾相見，卻幾乎每晚在電視談話性節目與之面對……。

電話那端，語氣遙不可及。

以文學書寫作爲自我放逐，卻用評論員的身分評析時政，熱切的社會參與；我有著幾許感傷，但這就是生活的現實。

當台灣的原本美好、寧謐被無恥的政客們日以繼夜的翻攪、玩弄之時，如果連作家都沉默無語，就是一種不義。

多麼盼望，可以安頓身心，逐山依水，靜觀自然，傾聽天籟，典籍閱讀，煮茗品酒……在此紛亂塵世，竟不可得。曾在一本小說的後記，引用前輩作家陳恆嘉的名句：

絕望，是最好的拯救。

我四年來的心境正是如此。哪怕對政治絕望，卻自勉不能失志、悲觀；雖說孤獨，卻也悲涼的昂然前行。

詩人好意的餽贈情色女體雜誌，無關道德，而是可感的友誼交心；笑說，莫非以此來反諷彼此不再的青春。

銅版紙亮麗的微微反光，日本少女露出小小的虎牙，二十歲仍顯青澀的肉體，乳房侮慢的挺起，沁著浴後的晶瑩水滴……。

詩人啊，你試圖進行一次善意的淫邪陰謀嗎？何不以此寫詩？你所擅長的十四行，若描之女體，想必驚心動魄，春情無邊。我願以無比期待之心，如同教徒依循宗教的信念，虔誠的展讀你的十四行，關於女體、色欲。

我們的青春一如深秋紅熟的葉片，無聲無息的逐漸凋零。說來不是怨艾歲月之流逝，也沒有任何理由感傷，只是詩人之巧思，意外提示著卻是生命的另一種無比之尊嚴呢。

10

我們這一代的文學人，如果記憶挪前三十年，少人能否認，曾從沈臨彬的《泰瑪手記》獲得極巨大的滋養與啓蒙。

一九七二年普天版的封面，黑底襯出作家彷彿亡故般的沉鬱半身照片，像極了三島由紀夫的氣質。一九九二年爾雅版則以沈氏之畫作爲封面，易名爲《方壺漁夫》。沈臨彬已在我們心中不朽。

這般手記形式的散文，詩人渡也、林野及我都曾在年輕時予以私淑般的臨摹，實是沈氏筆下那無與倫比的異色魅力，哪怕三十年後依然無人能及。

悲劇的宿命，沉鬱的質性，沈臨彬應該生在古代。他的直率與不滿彷如革命黨人，極端潔癖呈現他的多麼不合時宜。

是這個長年被扭曲的地方，耗損了一個最具才情的作家；你，還記得沈臨彬？

11

許家石的採石船，時而會在聚首時偶爾提及，又是近半世紀之前的新店溪，朦朧的記憶了。

好像在沒有記憶、粗鄙且世俗的此時，必得相互提醒昔日的記憶才得讓俱疲的身心能夠尋回絲毫的安慰，說來可悲。

夜暗裡，喝完咖啡，他走向深褐的朋馳座車，忽然想起什麼似的回過頭來，叮囑某事；眼神裡竟有某種生命裡難言的些微苦澀，又笑了起來……忘了，忘了要說什麼。他輕拍頭額，停頓一下，又兀自向前走去，夜更深了。

我想說，是忘了文學吧？疏離多少年了，在世俗與爭逐的電視圈裡打轉、沉浮，遙遠的採石船，古亭到新店的支線鐵道，已在忘卻的記憶裡悄然消失。

終於深切明白，何以今夜的咖啡沒有喝完？因爲它冷卻在記憶難以尋回的冰冷裡。

12

譬如一對距離迢遙的戀人，長年來難以相聚，而時以長途電話互訴思念，久而久之，竟情不自禁的大膽宣淫，以狂野極致的語言傾洩肉體之歡愛。

這是一個絕佳的小說起頭。

原本知書達禮的拘謹性格，在逐漸狂亂起來的喘息之間，將挑逗的字句幻化爲一雙揉搓之手，竟穿越阻隔的遙遠空間，揣測、探索彼此的熱燙、濕濡……就這般長年不歇。

當事人盼我以小說完成他們的初願，記載一次生命難以承受之沉重。我卻感到某種微細、隱約的悲涼，反問他說：這麼私密的交融，文學如何呈現？他一時爲之無語，竟至沉默。

深愛卻無以持續的黯然。如此長年的熱愛，似乎空間的遠離，而無法實質的相互擁有，美麗得這般無可奈何。

13

舊地重遊，有時會感到精神上的某種遲緩以及倦意。

旅行之喜悅，在於未竟的發現；重遊則是完成一種思念。或是在最初的旅程有意猶未盡的遺憾，猶如與戀人相約，在曾經去過的地方，說好幾年後再次拜訪。也許很多年後，許諾一定要重遊一次，舊地依然而昔人不再。那時的心情截然不同於此時心境，好像宗教的還願；將時空還原於全然的空白，自身再去行走一次，認眞的看個淸楚。

記得一座古老的城堡，一片白沙若雪的海岸，一條輕緩流淌的河……記憶曾經錯失過某個場景，偶爾翻看旅行的照相冊，忽然想不起置身在何處，竟有天地悠悠之千古長嘆。重遊，是某種確認。

14

冷慄午後，晶華酒店四樓，黑衣歌手羅大佑的新書《童年》記者會。他在鋼琴前以變奏「對抗」莫札特及蕭邦，鄰座的畫家幾米低語：從十多歲直聽到現今，激昂中有份人間的悲憫。

我則回想到一九八四年冬吧？中華體育館的演唱會，我最低潮的生命分野，黑暗中白亮的光束裡，長髮怒張的黑衣歌手，啞聲的呼喊：台北不是我的家！我的家鄉沒有霓虹燈！

十八年後，記者會現場，翻看著歌手從童稚到青春年少的懷舊相片，錯覺中彷如自己；同日，剛好是五十一歲生日，不敢再言青春。但是，羅大佑的歌聲依然是那般激昂中帶著不屈的反問及自省。

也許意味著，屬於我們這一代「四年級」曾經有過，革命的，不馴的抗爭與烈愛，風起雲湧的壯懷與醇酒般的質感都已成昔日的追憶。

15

英格麗褒嫚走了進來，酒店裡暈茫的燈光，與不告而別的舊日戀人不期而遇，竟至淚眼婆娑；這是電影《北非諜影》的一幕。

亨佛萊鮑嘉在冷霧深鬱的火車站焦慮等候，點起菸，厚大衣垂落沉重，遲疑半晌，還是不捨的上了車廂，目光卻依然緊盯著逐漸空蕩無人的月台……她還是沒有來。

時光荏苒。我的電影記憶也隨著歲月而逐一老去，英格麗褒嫚的溫美卻永恆不朽。

影像之迷人，在於存留當下。半世紀前的青春美貌、俊俏英挺，哪怕是懷舊般的黑白電影，時代的印記成爲往後的歷史追憶，皆是那樣的親近，如此的美好。就連偶爾的夢中浮顯，都會在醒轉的彼刻，不禁黯然神傷。

16

長篇小說的終章，女主角帶著一生不曾見過的父親相片去旅行。

走筆至此，竟至隱約的刺痛了。女主角向空服員要了杯紅酒，遙敬置於前方椅背餐几上的父親相片，仿如是遺世獨立的永恆戀人……

究竟是小說在旅行？抑或是作者筆下雲遊？多少次我警醒著自己：不能介入太深。書寫中的情緒是否起自於作者的主觀意念？還是必須全然讓小說人物自行決定，像一條河，自由放任的流動？

好，小說逐漸走到結束，女主角的旅行卻才開始。作者棄筆，命運之未竟就留予讀者揣臆，對女主角是不是一種殘忍？

完成小說之後的作者，全身被抽光似的陷入無盡之空茫；女主角美麗、哀愁的靈魂從此纏繞著我，久久不去，形成永夜之夢魘。是創作者之宿命，也是天譴。

17

刮鬍刀鏽了，拉過下頦，明顯的微微痛楚。

鏡中的臉顏，微蹙雙眉，鼻下雪般的泡沫，沁出隱約血紅。忽然想起：索性不刮鬍鬚，就讓它蔓延成一片蓊鬱的草原。

就有人提及：有一年在異鄉寄旅，剛離開婚姻，自我放逐，任令鬍鬚恣長……原本斯文、儒雅之顏意外粗獷了起來。

那大約是一種隱藏吧？粗獷的變貌之下，是彼時格外傷楚、脆弱的心。

我是否下決心扔掉手中的刮鬍刀，尋求自在的毛髮滋長？像那時全心一意，捨棄婚姻，自私的尋回最初自我？寧願被人嘲諷是任性、輕率？只有自己最明白，那是多麼重大的人生抉擇，關於一種忠實與悲壯。

是啊，要不要開始留鬍子？

18

在我們所不諳的歷史角落，巴比倫被烈火焚城；軍隊流水般的水銀瀉地，殺戮、淫掠。

婦女被辱之後的哭號，棄置在街角，飢餓的孩子找不到母親，所有男人都被截肢、吊死……廣漫的天空，雲團翻騰如詭譎的深海波濤，黑暗而猙獰；河道被鮮血及屍首塡滿，末日來臨的絕滅預言，在古代的巴比倫應驗，上帝躲在無人知悉的神殿，而我在掩卷之時，爲之無言。

千年之後，人類遍讀歷史，卻一再重蹈覆轍。歷史教訓，教諭人類以此爲戒，永不再犯，人類卻自始愚昧，記取教訓卻學不會教訓，才是最深的悲哀。

子夜深黑似海，我將史書歸回書櫃，就此塵封而不想再留存絲毫記憶；巴比倫焚城，千年一嘆，我，又在哪裡？

19

回家之路，不想回家
街角咖啡店空蕩無人
「休業中」拉下的鐵門
掛著白底黑字
不想回家，連咖啡店都
閉門謝客

秋冷，長街寬闊如大河
舟楫如同遙遠記憶
路樹微紅，喚不出學名
驚慌著自己飄然何似
長街忽然失蹤在地圖裡

有家書店，落地窗反光
暢銷書作家立像
巧笑倩兮
瘦身祕笈？私房菜五十種？
或是婚姻指南……

不想回家，在回家之路

20

有一天，我會像一尾失去海的魚族，因枯竭而死去。

據說，心靈被禁錮一如魚被囚於水箱，四面透明玻璃，底層是小白石，種植著塑膠草葉，只能向前奮力拍鰭，從起點到盡頭，來回兩尺見方，魚必然絕望。

寧願在一方素箋上，畫一尾高山鯝魚予妳。瀕臨絕種的高山鯝魚，一如在此年代的情愛，稀有且遙遠；妳是否還信任眞心相待以及相知相惜？

背叛生命存在的眞情實意，彷佛魚族蓄意告別了水。

歲月沉積，心靈蒙塵；手記的舊頁在多年後偶爾翻看，會因記憶的回溯而一時措手不及，像被囚於水箱裡的魚，無由之碰撞，竟不知如何安頓自己。

因此，我決定要畫一尾高山鯝魚予妳，因爲稀有，所以珍惜。

卷八・冬雪土耳其

但願，還是一千年前的拜占庭，一身伊斯蘭黑衣緊裹的妳。

1

巡航時速八六三公里，高度三萬五千英尺。剛過大馬士革右側，逐漸進入地中海最東的接壤空域；座前的液晶螢幕之航程圖顯示：距離伊斯坦堡一千公里，現在是早晨六時十五分，我在微晃不定的餐几上記載。

決意重訪，在八年之後。依然是寒冬，冰雪想必掩蓋安那托利亞高原。那年初訪時，編織絲毯的青春女孩們，才十四、十五歲，纖纖指尖被蠶絲割傷的疼痛；別的女孩塗著亮麗的蔻丹，她們則拭著碘酒。

八年前一樣的冬日，雪地裡的地毯工廠，邂逅的編織女孩們，如今應已是明媚、成熟的少婦，戴起傳統的黑頭巾，露出深邃、純淨雙眸，回教世界不可被揣測的遙遠。

微顫的筆觸，竟然心悸，是由於高空書寫的不適……機艙內，人們幽幽醒轉，一整夜飛行，我大多睜著空茫之瞳，某種隱約的低迴；仿如這永夜不再有拂曉。

機長報告：二十分鐘以後，即將抵達伊斯坦堡……。

2

渡輪晃動著沉甸的體積，切割了蒼鬱如墨的潮水，緩慢穿越達達尼爾海峽，就是亞洲。

鋸齒狀，狹長葉片，放射如篷的灌木起先誤認爲橄欖或月桂，原來是橡樹……丘陵三五綿延著朦朧身影，特洛伊古城千年前磊磊牆岩還是拼湊不出一個足以說服我的完整傳說；反而是那匹巨大玩具般的木馬，像極嘉年華會的節慶氣息。

向晚冷慄。以呢大衣覆蓋，還是感覺到凜冽的寒意，冬日來到土耳其，這僅是愛琴海之岸，往東而去的綿延高原會更冰寒，而心反而會更灼熱。就像渡輪舷旁，兀自抽菸沉思的男子，與強勁起來的海風對抗，以著我所全然陌生的語言，呼喊著航行之時，跟隨渡輪上下飛舞的海鷗群。

那雙澄藍之眸，是否來自更遠的北方？譬如黑海對岸的俄國。

3

熟睡深邃如海，依然有時隱時現的零碎之夢，卻無法在醒來後拼湊完整，彷彿僅是某種漂浮。

十二月十四日午後一時二十分星航波音七七七離開台灣，入境造景卻少有內蘊的花園之城。晚飯後，搭著畫舫（仿古的舢舨）遊河，播音系統一口純正的北京腔導覽，讚頌這袖珍國家的偉大，二十分鐘來回，還是感動不了我。

在機場裡沐浴，轉搭子夜十一時五十分班機經杜拜到伊斯坦堡……隔座高大英俊，反問我猜測他年歲的香港男子自始堅持以英語對話，反而是我一再問他：能否以華語交談？進而彼此顯得有些尷尬，最後都沉默了。

伊斯坦堡之晨，在濕濡的雨中。重訪之路，前後是整整二十七個小時。終於，我倦意非常的熟睡，在一個不知名的小鎮。

4

不知名的小鎮，原來是叫：艾伐利克。凌晨醒來，幽幽不知何處，拉開窗帘，這才發現半圓形陽台外有株被橙色燈光照亮的巨樹，高度與我所住宿的四樓等同。

拂曉，才逐漸清晰的愛琴海。乾燥、方醒之唇渴求濕潤，才知悉沒有飲水器（此地生水不宜喝）；浴後有天光灑入房內，橙與靛逐漸明亮，晨色無聲無息。

登臨古城費加蒙，千年前廢墟，複製的神殿石柱，愛奧尼式雕刻，眞品早被德國人掠奪，在他們的博物館裡重組展示。

賣雞隻的販子，清瘦、黝黑，留著落腮鬍對著走過的東方旅人微笑；戴著綠扁帽，美式軍服的士兵剛下客運車，揹起沉甸行囊，視野來回巡搜，似乎尋不著前來接他的親友，或是情人。

那年輕軍人之眸，微露憂愁。

5

艾菲索斯，我又再來看你。

冬日暖陽，一如八年前的相仿時光，我的倒影遺留在千年之遙；據說羅馬時期豪紳們踩踏而過的馬賽克。輝煌的王朝，燦爛的城邦，情欲的澎湃與戰火的滅絕……如今，已無初訪的震慄。

那年冬天，我從希臘最接近此地的薩莫斯島，搭著二十人座的渡船抵達庫沙達西。夜暗裡的愛琴海竟飄墜著落花般的細雪，剛好是耶誕夜，舷旁清晰的浪潮輕拍，整顆心像一組音樂般，愉悅的交響了起來。

舊愛，比歲月還要遙遠。

我們只是懵懂無知、任性且自以爲是的青春年少。

那麼一廂情願的，無畏亦從不預知未來的，只要熾熱相隨。

半百的男子，重回妳我同遊的艾菲索斯，生命何等徒然。

6

神子被釘死在羅馬之後，哀傷的聖母被使徒們藏於地窖數日，而後輾轉到小亞細亞某處，似乎是謎，一直到十九世紀，某個德國修女在死前七日，軀體上呈現「聖痕」，並一連數天夢見聖母告之千年之前遁世之所。

晨雨如露，不沾衣襟。我再次走入這後人重建的小教堂，燃起一根白燭，不是信仰，而是回首重遊之念。百年前修女所見，以三株巨樹印證聖母晚年寄旅之處，遂成傳奇。

清沁晨雨，若有似無，想像是聖母哀子之淚。所有的信仰方式以神蹟傳述，或書寫爲經典，信與不信，端看個人之心。

我寧願僅是一個平靜的旅人，來一片曾經路過的舊地，以一根白燭致意，向一位哀傷的母親，並且繼續我未竟的旅程。

7

這片高原的東部，庫德族人百年來在戰亂與飢餓裡殘喘。

據說，更多的山區小孩，依然放牧牛羊，父母的貧乏以致孩子的教育完全失去；這片高原的人民有豐饒的大地足以耕植，但歷史延續的悲歌仍是不絕。

前往棉堡的路上，裹著頭巾的農婦在冷風中叫賣柑橘，古老農莊，牧羊人伴著成群的羊沿著鐵道緩慢挪動；鄉村屋頂放置著瓶子，維繫著古老的家中有女初長成，只待鄉人前來提親之傳統形式。

只有農莊小孩的無邪笑意，是最蝕人，隔著車窗，他們用力揮手。冬日，冷慄午後，路過農莊，泥濘的土路，仍未鋪上碎石或柏油，兩旁古老、朽壞的房舍，一群小孩燦爛如花的笑意，溫慰著陌生人原本低微的心。

8

到處可見凱末爾的銅像，在市街中心、學校操場；照片則在旅店、餐館的牆上，人民虔誠的呼他爲：土耳其之父。

那年冰封雪凍的孔雅，只爲了看一座清眞寺，走了十個小時車程……灰濛之霧，沉甸之雪，兩節黃色的老電車無聲的滑過我因低溫，疲倦的眼眸。

垂下的巨大油燈，腳下的地毯由於脫鞋踩踏，冰冷之感直上心頭，圓拱之頂，飛舞的可蘭經文，鐫刻數十丈。

唇間不住冒出熱氣，四肢微顫，眞的很冷很冷……零下三度，清眞寺外的街角積著昨夜仍未消融的殘雪，白得那般憂鬱。她默默走近，不發一語的替我圍上絲巾，只淡然的說：這城叫孔雅，是凱末爾的出生之地……還會冷嗎？

9

此去，將是更荒冷的高原，就是不再重訪安卡拉。

昔日的首都火車站，夜晚十時開往伊斯坦堡的臥鋪列車，獨自站在房外的走道，車仍未開，汽笛試了幾次，月台上空蕩無人，站務員隔著鐵道向我這陌生的旅人，微笑的行舉手禮。

紅酒伴了我一夜。臥鋪僅我一人，灼熱的暖爐，掛著昨夜微濕的襪子；揣測著明早八時抵達的伊斯坦堡是何種風貌？據說推理小說家艾嘉莎克里絲汀曾以這班列車爲題。

此次，不來安卡拉，匆匆路過孔雅的行程，純然是不想虛耗時光，不是害怕追憶。這裡有八年前留下的些許印記，美麗蒼茫，那是延續我年少，卻在此全然切割的生命轉彎。

10

初雪，在前往安塔利安之晨。

晴陽如純金之色，嶙峋、峻磊，積雪的山脈，壯闊、潔淨之茫白，偶有微紫若絲帛般的山嵐泊於鞍部，而後是藍澄澄的大片天空。

我開始被感冒侵擾，鼻腔阻塞，噴嚏不止……昨天向晚，赤足踩踏在棉堡雪地般石灰岩溝渠之間，只感覺寒意從腳心直上。

高原雪後，難得的晴天。

原木建構的農莊商店，燒暖的爐火旁，喝帶著殘渣的咖啡，煮咖啡的女孩繫著花色頭巾，只是羞怯的笑，不發一語。

而後是古羅馬劇場門口賣手工飾物的老婦人們，一看到我就以日語問安。粗糲的雙手抓起鄂圖曼色彩的項圈，喊著價格，看我不置可否，又雙手拿起伊斯蘭特有的避邪物，玻璃藍眼睛。

到地中海岸的安塔利安，還有半小時車程。

11

可能是一生難逢的風雪吧？

十四個小時匆匆趕路，雪自始未曾停歇；隔著車窗，白茫茫一片，只有凸出於地表的灌木林，堅執直立的模樣，枝椏間負荷不住雪的重量，崩解如細碎的銀片。

多少，感冒中的我，由於服藥後的頭疼及暈眩，不適之感令我有些微懊惱。何以選擇冬日重遊？台北，還有許多未竟之事，飛越萬里之遙，此時被風雪所困阨著。

旅行，有時還是會力不從心。

或者，因爲病了，疲倦讓持續的旅行顯得更加艱難；此刻竟有深刻想家的強烈欲望……彷彿小孩和自己賭氣的任性。那麼，又爲何前來？八年前同個時間初訪，八年後有重遊的理由嗎？

也許明早，雪不再落下，低潮會昂揚爲對滿地銀妝的感謝；如果風雪依然停續不斷呢？該去行走的旅程，還是必須完成。

12

醒來，是在卡巴度基亞，怪異的石林間，回教寺院般的旅店床上，猛想起：昨夜書寫的手記顯得凌亂，一邊咳嗽，涕淚齊下……如果重寫或修改，反而失去最眞心的表露，不是愉快的經驗；關於風雪的厭惡感，連思緒都難以集中，感冒藥錠似乎沒有功能。

火山岩地下城市，昔日閃避阿拉伯軍隊的密道聯繫了教堂及住所，雪隱藏了避禍的古代土耳其人，亦同時隱藏著此時我不輕易呈露的情緒，歲月半百，終於清楚懂得，不再多言，甚至言不及義……這樣的悲哀是一再反問：自我果眞在無形中，與這不眞的塵世共庸俗，共沉淪？

不就是對自我的許諾嗎？有一天，再來長年惦念的卡巴度基亞，單純的只是爲了喜愛這怪異的石林，尖筍狀嶙峋的延綿兩萬平方公里，壯闊如荒原，卻彷佛童話意境的寧謐；半百的男子回來找尋他童年夢裡的幻境成眞。

13

還是冷慄風雪，以紅酒取暖。

珠寶店及地毯廠，端出熱燙的蘋果茶，所介紹的產品卻是驚人天價，史書記載：伊斯蘭的中亞人是天生好客，且善於經商。

從訂價三折喊起，止於五折，據說就是合理的價格。於是土耳其寶石、花紋地毯、彩繪瓷器，透過導遊，漫天喊價之聲。我則靜坐不語，抽菸、喝茶。

偶爾視野不經意透過那窗帘空隙的玻璃窗，白茫茫積雪的小街，三、兩個覆著黑頭巾的婦人走來，因寒冷而紅著粗糲的臉顏，室內的暖氣，則乾燥得令人不安，睡夢裡，手肘及腳踝相互抓傷。

傾往一張潔淨、柔軟的床。

被褥裡，一個暖熱等候，情欲糾纏，白晳豐盈的女子。

不必詩，不必任何言語，窗外風雪再大，冷慄得更猙獰，都不去理會……不過，眞的好冷。

14

從安卡拉到伊斯坦堡的夜間飛行，晚上八點整的土耳其航空。

行程原本沒有首都遊覽。風雪封閉了伊斯坦堡機場，從卡巴度基亞搭了近九十公里的車，抵達凱色瑞機場，航空公司人員一臉無奈的說：機場向晚才會開放。

決定趕三百多公里路，到安卡拉搭晚班飛機。一路上依然是茫白雪原，無邊無涯……有種生命的坐困，不知前程如何的一無是處，挫敗且耗損，這樣的情緒一直氾漫不去；埋首閱讀韓國作家黃皙暎厚重的小說《悠悠家園》，這才深知，難得讀到一本眞正的好小說。

才說不來安卡拉，還是冥冥中被風雪逼來了。凱末爾閣下，我們又再次相見，紀念館前，斜陽將落，殘雪更冷，土耳其國父靜靜躺在紀念館地下陵寢裡。遺物展示館，親切的看見蔣介石送給凱末爾的黑白戎裝相片，歪斜拙劣的題字，想是親筆；時爲一九三五年秋天。

15

百年前所構築，最後一任的蘇丹皇宮，左側的歐式庭園接壤著博斯普魯斯海峽；只有那近身可及的幽綠潮水，讓我感覺到生命眞正的自由，而皇宮死寂如陵墓。

巨大、沉甸的水晶燈，鑲金俗麗的法式宮廷，百年以來，蘇丹及其嬪妃、守衛及僕人，他們的鬼魂還漂流在這看似華麗卻早已腐朽的歷史深處嗎？所有視野所及，新的是複製，老去的則是敗壞的霉斑……這裡是伊斯坦堡重要景點：朵馬巴恰皇宮，入場券美金五塊錢，折合土耳其幣八百萬元里拉。

寧可獨自散步在海峽兩岸，從亞洲搭渡輪到歐洲，不到十分鐘，鴿子大教堂前方的埃及市場，人潮熙攘的生命活絡，那才是眞實的存在，認命的、勇敢的活著，我喜愛這種庶民性格。

16

仰首，海鷗如雪輕盈
從清眞寺尖頂穿過月與星
雪未落，旅人早已冰冷
陌生的古城，酒醒何處

輕軌電車，橘色燈光的窗裡
笑意美麗在伊斯蘭頭巾
緊密覆蓋的謎樣之眸
莫非妳是後宮最後的紅豔？

黃昏的街角，冷風中不畏的老婦
叫賣著堅毅、含苞的玫瑰
那年，我曾買一束送妳

猶如眷戀的青春如歲月仍是少女
但願，還是一千年前的拜占庭
一身伊斯蘭黑衣緊裹的妳
我橫渡遠洋，不渝的尋覓
溫柔的相擁老去，伊斯坦堡

17

隔著濕濡，仍遺著殘雪的小巷，旅店的窗口正對著另一家旅店的窗口；似乎無人進住，夜晚來臨，對面的窗成了一方倒映的鏡，折射著海峽亞洲陸地的沿岸燈火。

旅店前一整排賣羊肉串及甜食的商家，我繞了兩次，尋找一種土耳其東部高原出產的紅酒**Buzbağ**。前日，在安卡拉機場菸酒販賣部買了一瓶，兩天後品嘗，驚喜於醇厚又帶有狂野的質性；在這以賣土耳其傳統吃食的鬧區夜市勤於尋覓，竟不可得，多少抱憾於心。

找尋一瓶好喝的紅酒，竟也會因遍尋不著而悵然若失；印證自己多少不能免俗的爲物所役，但必須承認：貪戀某種美好的味覺，一如邂逅蕙質之女，正是生命意外的驚喜。

18

哈沙克舞蹈，來自黑海對岸。

長靴敲擊地板，發出尖銳的皮革摩擦聲；我正頹然的放下刀叉，烤得太老，堅硬如鞋底般的羊排，我無法強制自己下嚥。

隔著舞台相望，二十多人的中國旅行團板著冷臉，連拍手都像極人民代表大會行禮如儀。除了語言相通，血統酷似，什麼都不一樣。在異國偶然相遇，不知從何而來的靦腆和尷尬，防衛般的相互閃躲……。

跳肚皮舞的女子，只有第三個，黑髮、褐膚，乳房妖嬈的魅惑才顯得如此蝕人；看那柔媚的腹部蛇般收放，豐腴之臀波浪般準確的跟著鼓聲，節奏的擺動……安格爾畫筆下的拜占庭後宮女體，不就活色生香的重現。

汲泉之女，令安格爾永恆不朽。

手記至此，情欲之念無以保留，但願僅在未竟之夢持續入夢。

19

巨大、雄渾，船體橘色的俄國油輪，在二十公尺外，以最堅硬的鋼鐵之軀，無聲無息的逼迫而來；尖削船首明顯的紅星標誌劃破原是平靜的海峽水面，盪起洶湧浪潮，向我所搭乘的小汽船猛襲而至。

這是博斯普魯斯海峽的午後，小汽船正穿越橫跨歐亞兩洲的虹形吊橋。數以百計的海鷗被驚嚇得紛紛閃避，翅膀用力拍動的聲音令人驚心。

明午，就要告別土耳其，只有這本手記繼續旅行下去。

伊斯坦堡子夜又降小雪，我在乾燥燠熱的旅店床褥間呻吟、輾轉……連夢都顯得疲憊不堪。遠方的孩子，在熱炙的碎夢裡時隱時現，是旅行中的父親惦念孩子，或是孩子遙喚而來夢中，或者，孩子就是我自己遙遠童年的驀然回首。

20

最後一瞥，偉大建築師錫南在十六世紀設計完工的蘇里曼清眞寺，我將在此後的歲月永心銘記；一如兩次在伊斯坦堡之路。

旅人還要飛行二十多個小時，才能返回又愛又恨的貪婪國度，航機怒吼著巨大推力的引擎，向前咆哮起飛，視野逐漸拉高，眺望這歷史永恆之都的古老建築，所有清眞寺的尖塔，彷彿在同一時刻，發出喃喃嘎音的可蘭經文，再會了，我所鍾愛的異國。

昨日向晚大市集店家，深諳英語的二十三歲帥氣的男子，向我提及弟弟正在伊拉克邊境待命，十萬土耳其子弟，即將投入極有可能的戰事，只等候美國的一聲令下。

或許與我無關，聞言卻一陣刺痛。桌上是美味的烤羊肉、冰凍可口的啤酒，身旁是彩麗繽紛的絲綢、瓷器、地毯的叫賣聲。

我回家的長路，才正開始。

卷九・荒原

被限囿或自囚，都是一種殘忍；壯闊一旦被定格，只有不幸。

1

能夠讓匆促的生命，偶爾暫歇、停頓，僅讓心跳，在一向噪音充斥的耳膜，突然異常清晰的響起：鼓動──鼓動──鼓動……。

哪怕緊閉的窗外是層疊、錯綜的高樓，參差紛雜的屋頂；請注意尋找，有人在違章的鐵皮屋一角，種植著些許綠意，馬拉巴栗或是低矮的桂花……帶著鏽斑的洗衣機上就隨置著俗麗的塑膠圓板凳，就缺少一個懸掛在簷下的鳥籠，或是嬰孩學步車。

尋常的生活，就在這裡。

生命之所以匆促，多少出自於更高層次的追求，累積財富早已淹沒知識累積更來得現實不過；於是，心的反省漸去漸遠。

也許，都不再認識曾經有過夢與理想時候的年少期許，日子在自以爲是的流程之間，與俗世共庸俗，共盲從，卻從未察覺。

2

惡寒之晚，鄰居的菲傭茱莉在超商門邊的公共電話旁，哽咽的喃喃自語。我正在影印稿件，側首看見她掛上話筒後，一個拭淚的動作，手掌垂下，眼眶裡還是濕潤的紅著。

我又拉長頸子，看了第二眼，她觸及我探看的目光，有些羞怯、靦腆的點頭招呼：林先生……。

我揮手答禮，這才發現機器又夾紙了，呼喊店員的同時，茱莉低垂著頭，剛過小街的對面，單薄的套頭毛衣，肩微微起伏，還在哭嗎？

不諳她的身世，據說從民答那峨鄉下來，有三個小孩……每天向晚從附近的雙語小學接回與我住同一棟樓的醫師小孩，偶爾在電梯裡或大門口擦身而過，總是燦爛的笑意，三十多歲的容顏。

因爲思鄉，所以想見的惦念，因爲惦念（家裡的三個小孩多大年歲？），就常看見她站在公共電話一旁。

惡寒之晚，鄰居的菲傭茱莉，在公共電話邊，哽咽的悄然淚下。

3

在《誠品好讀》月刊，讀到六、七〇年代誕生的小說家對談，話中對五〇年代出生，他們口中所謂的「四年級」的作家，似有兩極且矛盾的評價，十分有其見地。

譬如：四年級作家，主掌文學副刊或文學雜誌之編審觀點，及文學獎的評比方向。一是連接較傳統卻又能包容新世代的思考。二是多少質疑有其「霸權心態」，以「四年級」的文學品味、標準要求後來者予以遵循。

多少是有話不敢直言，矛來盾去的迂迴環繞……究竟是怕激怒或是客氣委婉？抑或，在對談轉爲文字紀錄所抱持的必要合宜？至少，對於我這個「四年級」而言，是非常盼求聽到坦誠的評議，因爲，我還在學習。

每個文學世代，反映的不正是當下最眞實的印證？作品，永遠是終極的告解，無可替代的詮釋。

4

發黃的相片古老的信以及褪色的聖誕卡；年輕時為妳寫的歌恐怕妳早已忘了它……。

——羅大佑

所以，必須依靠一生僅存的書寫存活，否則如何印證自我少得可憐而卑微的純淨？

純淨？漸去漸遠如向晚稍縱即逝的彤雲霞光，幾乎是喘息的拚命追趕啊。只能自嘲是年少青春的最後留影，誠如歌手所言的「發黃的相片」，奮力追尋往日記憶，卻又懼怕記憶令人心痛、神傷。

必得承認，現實呈現年華逐漸老去，並且一再失憶，時隱時現的青春年少有時就那麼可恨又可親的閃過夢中最深，最不可觸及的私密地帶，醒來連自己都無言以對。

那般之困惑，那樣的遲疑。

年輕時為戀人書寫的抒情文字，如今重讀，竟是不可置信的純淨；而戀人的巧笑倩兮卻不復記憶。

5

行走在古代的斷壁殘垣之間，千年歲月，彷佛一瞬。

曾是船帆泊靠的海岸，在時光的沉積裡，潮水退到遠處，乾涸的礁床風化爲柔軟之土，種籽飄落，滋生成林，後人犁土成田，築爲聚落……古代輝煌之城，如今只是廢墟。

所有手握巨大權柄之人，在生時數十春秋，哪怕叱吒風雲，不可一世，時光永遠是向前流逝，沙漏盡時，不過是枯骨一具；功過留予後世評判，任誰也閃避不了歷史的法庭，能不愼然？

對歷史交代，其實正是對自我負責；心清如月或黑暗奸巧，同樣的肉身，公平的置放於時光天秤，死亡是最合理的終極，誰是贏家？誰又失敗？

行走在古代的廢墟，沒有嘆息，由於生命逐漸明悉，還原以雲淡風清。

6

荒原單一枯樹，彷彿夢中見過。

擅畫的女詩人席慕蓉經常描繪，應來自於她的蒙古原鄉；而我卻在旅行於冬雪異國，路途中看到，且以相片留存紀念。

遺存昨夜雪落的微痕，那般孤絕的放射、怒張的枯枝，像是無以數計的手掌，伸向天空，無聲的吶喊。只是冬季歇息吧？來年春天，我再也無以看見的，該是嫩葉初長，到了炎夏，又是一樹綠鬱了。

心不就一如那冬來暫歇的樹，四季分明般的萌芽、葉凋，有時是花朵燦放之豐饒田園，有時是無盡枯槁之荒原。彷彿心境時而昂然，時而低沉，變幻萬千。

鏡頭所攝之荒原，終究被限囿於長方形的相片之間，反而放下相機，視野所見，天地無邊之壯闊。心也該如此放寬才是，被限囿或自囚，都是一種殘忍，壯闊一旦被定格，只有不幸。

過於主觀，反而看不到自我。

價值在於各人堅守某種生命長期經驗，所累積辨識的最終認定，我所倦於爭論的，是別人強加以凌越，且自以爲是的標準，譬如生活態度、意識型態。

有人只挑剔缺陷，而吝於讚賞美質；不符合他的主觀認定、價值標準，就全然抹殺別人美質的部分，怒責或謠言如此而來。我們島國的人心，因而如此敗壞，拳頭與惡言、揣測與暗鬥，怕連四百年來殷勤含辛拓墾的先民，地下有知都會哀嘆落淚。

我們的土地，如今充斥著攻訐、惡鬥，缺乏彼此體恤、包容；形成的民族性之惡質化，就令人憂心於何時才能全然停歇。

這是最沉痛且無解的思索，當人心惡質，是非黑白紊亂，無以尋之出口，只有沉淪無他。

8

這手記所流迴的杞憂與消沉的思索，多少背離了原先預定的走向；是我的失手還是由於堅執眞心而致使不見愉悅，竟呈露悲愁。

回首三十年來的文學旅次，這般時而顯露的絕望、憂傷，多少出自於童年陰鬱、孤獨的成長，從不曾有人教導我，要做個眞心實意之人竟是如此的困阨，眞的好辛苦啊。

倘若，手記令讀者沉重，那將是我最爲歉疚的不安；手記所呈露的但願是一種眞摯的交心，讀者願意接納，就彷如雨夜面對煮茗傾談，不必隱藏，不用浮誇，我從不懼別人如何評斷，只求無愧於文學的終極要求。

讀來沉重，不就是一種自剖、懺情的無私溝通，笑我、謗我於今早已無傷，也再不會動搖落筆時的自信與期許；唱自己的歌，相信所信，我已心靜如水。

9

一九八三年，王世勛的長篇小說《森林》未能獲得《自立晚報》的百萬小說獎，卻與同樣進入決選的黃凡《傷心城》以及呂則之的《海煙》出版成三本令人矚目的書。

後來，曾經是報社記者的王世勛走向從政之路，再也難以見到他秀異的小說，毋寧是台灣文學的不幸。感傷的是，政治成了全民運動，文學竟如此凋零。近日重讀《森林》，一九八三年所描繪的房地產界那猶如沉淪於酒色財氣，人們所無以想像的最赤裸的鬥爭、陷害、掠奪，而今到了二〇〇三年初台灣整個經濟傾圮、道德淪喪，這才驚心於小說家早已預知，並且在二十年前以作品呈現。

到了一九九二年，王定國系列的《商戰紀事》則遙相呼應。我們卻不曾警醒，台灣果是悲劇之地，被詛咒之島？

10

海與陸地在拂曉接壤
微曦隱約我竟如何
也記憶不出妳最初容顏
彷如找一顆星子
回首已被雲翳遮掩

再也沉默不語
如同被剪去舌頭的鳴啼
海與陸地明亮如銀般浮雕
被定格在最荒冷的一角
我是冬來落盡葉片的枯枝

若有人問起昔時舊事

我以茶酒替代回答
瞭解與辯駁僅是徒然
何不相約沉靜旅行
海與陸地在夜暗親吻
自然比人活得更好……

11

三百年前從西洋航行到東方的西班牙海盜，三百年後，兩個不同國籍，從不相識，卻有著相仿的藍色眼瞳的女子，進而相知相惜。

小說，就如同深海之潮，輕盈卻又沉重的恣意流迴；筆觸有如暢快的歌，呼應著那無以探測的深海回音。異常順手的書寫，彷彿作者也追隨著那艘「聖馬丁」三桅船，航行過遙遠的百年歷史及邂逅了兩個眸如海藍的女子。

這是創作計畫裡，不曾預期的意外之旅；避開流於歷史借題的陷阱，試圖陪伴小說人物與有心讀者攜手，漂浮於壯闊、瀾漫的時空渺茫之間。愛以及缺憾，美麗或者蒼茫；哪怕來回三百年，似乎生命之偶然成爲不可揣測的必然。

12

來回於平溪鄉支線鐵道之間。

昔時的運煤之路，而今的懷舊旅途；不是以文學記載，卻用映像留存，在晨光初綻，我抵達。

哪怕是某種必要蓄意的演出，仍然是要求自然的呈現；一如至今的心境，面對電視鏡頭難免透露的些微靦腆。青春女歌手與我搭配主持此一鐵道旅行節目，彷彿父女同行。

冬寒微雨，孤島般的月台，鐵道從兩旁穿過，銀、橙相間的雙節柴油列車……我聽過這青春女歌手的曲子，清朗如鶯卻又透溢著淡然的蒼涼，祖籍是雲林台西，現在住在高雄。

亮麗、美好的演藝生命才剛啓程，我則單純的僅是多了一份收入；她的喜悅，我的平常心，差別就在這裡。佇立在鐵道一旁，已然寂靜的心，沒有任何等待。

13

偶在八條通酒館酣醉到子夜。

昔日充滿理想、革命情懷的外文系教授，哪怕是酒後怒斥當前的政治，依然是溫厚的儒雅；黯然的眼神，隱約閃熠著淚光。

可以不必這樣的啊，親愛的教授，該知道，喝酒比政治更眞實。

如同某個幽靜的凌晨，從年少追憶的夢境中突然醒來……其實仍在醉中，意識卻格外的異常清晰，連黑暗中爬行的蟑螂走動，都聽得一清二楚。

年少的自己，靜靜的顯影在床前，彷佛陌生的與之面對；這時，無言以對的反而是中年以後的自己，一時竟然手足無措了。聲音瘂然的「我……我……」怎麼說明成年後以酒澆愁的自己？

曾經熱切盼望的理想與革命呢？不如杯中之酒，醺然而寂寥。

14

遊民爲了爭奪寒夜睡眠之地，竟而傷害彼此乃至於喪失生命。地下道或者車站，警察驅趕，猶如一條流浪狗。那麼，寒夜裡無路可去的遊民究竟要睡在何處？小小罪名是：妨害市容觀瞻。

攤開一張厚紙板，就是一張床；倚靠在孤冷的牆邊，就是一個家。遊民如飄浮的鬼魂，哀傷的自語：我，不是沒有家，就是不想回去。問他：有沒有想到未來？他淒苦的笑了：什麼是未來？連現在都不想了。如果您先生好意，請給我一點零錢，讓我買一碗熱湯喝；怎麼，今年冬天，特別的寒冷啊？

所有生命曾有過的榮辱、悲歡，都像呼呼狂吼的晚風，再怎麼淒厲的颼吹，沉痛之心早已死去。遊民和流浪狗，生命的意義等同，今夜，要棲眠在哪個街角？

15

小說家賈西亞馬奎斯所言：

如今已沒有革命家，只剩下一群人在反對另一群人。

今夜星光燦爛，四野俱寂；子夜的小街店家早已歇息，獨留我緩慢散步的輕微跫音。忽然憶及小說家在書裡的描述，彷如突如其來的晚風吹過，全身冷慄。

所熟稔、關切，曾經以全然的無求、無怨投入的理想，伴隨參議的革命家，而今卻陌生、疏離得一如今夜燦爛之星光。究竟是自己疲倦了，還是他迷路了⋯⋯

當信念在生命的轉角相互牴觸，我如何能視若無睹？當善意的諍言惱怒了他衆目所及的迷思，我僅能黯然的回到只有撫慰而不會折損的文學。

微微感傷，卻是清風明月。

16

如霧起時，窗前的丘陵就水墨般暈染、綿延得望無盡處。

山裡的寺廟就在雲深不知處了。偶爾會開車上山，停駐在寺廟的高處，俯瞰霧氣縹緲之間，時隱時現的家居，好像靈魂抽離，在遠處異常冷靜的審視已成軀殼的自己，無悲無喜，自由自在。

寺廟竟無人，巨大的佛陀莊嚴盤坐，金身青冷。大約是在我抽完一根菸，回首寺廟後的山頂，霧何時已杳然無蹤了。

長桌上排列的硬本《大悲咒》、《金剛經》供人索閱，卻似乎少人攜走，落了一層灰。想這紛亂的島國，宗教究竟是適時的逃避或救贖？怕連佛陀都早已失去信心。

明心見性，心茫性亂。

怪不得連高行健的《八月雪》都教人看不懂……。

17

我的電視時政評析，說來出自於直覺，更確切的說，憑藉的非全然是政治，反而是文學的思考。

厭棄於此間人云亦云，以意識型態爲基本教義，再也沒有以族群認定，更讓我不屑且鄙夷。如此的直覺多少引致旁人之不快，我早已無暇眷顧於滿足不同的主觀需要。這世間的標準早已被扭曲，只問立場，不問是非。

寧願是烏鴉，而不想做喜鵲。

以文學之心，說出眞話，詆毀或稱譽而今於我已無任何意義。評析在於眞心，如要八方玲瓏，不如屈就無心無德之政客。所以啊，在這紛擾濁世，我多麼多麼珍惜文學書寫的存在；我的時政評析在於社會參與，不在譁衆取寵，只因這土地病得如此蒼白，如此的不堪聞問。

18

一九八八年八月的《出版眼》月刊，攝影家張蒼松留下我三十五歲的身影，以及昔時北淡線鐵道的記憶，仍保存著些微的靦腆生澀。

十五年後，堅持再度留影，已由居住了三十年的撫順街移居到住了五年的大直山邊。黑白相片捎來，果然已遮掩不去歲月的滄桑，卻凸顯出折損之後，一張果斷且堅毅的容顏。

是年華漸逝，絕望所引致的淡泊寡情，呈現在底片上的某種對抗吧？更早之前，不果斷是由於過於優柔，不夠堅毅是因為逃避現實，必須要勇於承認。

一如從三十年的散文創作，轉為奔向小說，不也是尋求自我揚棄昔時慣於的形式，而探溯更巨大的可能？攝影家有心且有情，印證生命的紋痕，印證世事多變，只有文學是僅存的純淨。

19

或時而有人問及我的過往，笑答自己不過是個十足的不合時宜之人。

年少之時，濫情且天真的自以爲人世皆美好，所有人皆有良善、悲憫，漸長方知：算計及多端乃是人之必要之惡。傷心之後，依然對詭譎的人性抱持某種信心；而論交多年的朋友，不以諍言相告，卻在暗處論之短長之時，失望猶如颱風之後的瘡痍，只能無助的獨佇荒涼，無言以對；慢慢的，變得不再相信，逐漸的疏離，心冷慄如寒冬。

如何去揣測人與人之間的利害？如何去全然的敞開或關閉自我的眞心？如何決定從此獨自行走，不必在乎流言與虛假？到底要與之沉淪，還是堅執的完成自我……？

不合時宜，是我個性率眞的印證；既然如此，就不合時宜何妨？

20

蛇髮女妖，與之相對，遂化爲石。
神話中的鬥士，以盾爲鏡，抗拒女妖寒如冰雪的凝視，靜心闔眼，揮劍誅之，女妖首級與肉身一分爲二。
鬥士將之攜於袋中，逢敵必高舉女妖之首，對手視之，化爲石人而不敵。

——希臘神話故事

我想到的，不是武力勝敗的取捨，而是神話中的蛇髮女妖，卻是被求愛未遂的萬神之神詛咒的悲劇。原是美麗、脫俗的女神，頭戴月桂葉，身著如蟬翼之薄紗，愉悅無憂的天眞浪漫，渴盼最心愛的男子。

神話傳誦千年，最惡毒的誣衊，卻全數讓這受害的善良女神予以承擔，這是父權社會最大的反諷。受害者，被加害者汙名化至此，千年以來，還被認定爲是惡毒、陰暗之象徵；人類啊，侮辱的是自己。

雖說是神話，不也無意透露著自以爲是的粗暴與盲從？

卷十・揣測吳爾芙

鬼魂終於流下一生最後的淚滴，黯然自語：從此啊，不必再受苦。

1

支線鐵道的終點，猶如旅行腳程之暫歇；內心卻未曾停頓一種由於初見而難以按捺的波動，如同日夜持續之波潮湧漫。

譬如有人收集清末、日治時期肖楠木所製的紅眠床，鋪上大紅花被褥作爲民宿供人住泊；有人則將半世紀前的古老戲院重新整建爲電影主題餐飲店，老阿嬤則以河岸野薑花狹長的葉片用來包粽子……。

原是載運礦石、木材的支線鐵道起點的客家小鎮，逐漸沒落以後，忽而以觀光包裝重現，多少沾染著無以避免的商業俗氣，這裡是新竹內灣。

我的旅行是由於工作。

遵循影像腳本流程，一一完成他們所要求的每個動作及階段，這般的靜靜探看，沒有感動亦缺乏生命的驚喜。

2

詩人與小說家激辯，關於農會及農民的問題，在冷冷的月光下。

寂靜的山莊，所有旁聽者噤聲，只有果樹下目光灼灼的獵犬遙遙的吠叫幾聲，寥落而淒清。

狗兒不諳人類的激辯，更不懂得農會剝削，農民受苦的原由；什麼制度、結構性或者政治因素等等……桌上的酒菜忽然失去美味。

激辯轉變成意氣爭執。

山莊主人試圖緩場，笑意卻逐漸僵硬為尷尬的無奈；旁聽者好意的勸慰激辯的雙方，而話題的主角卻遠在東海岸，為著三年一熟的酪梨種植而憂心如焚。

沒有對錯。謬誤的出自於各人主觀認定，進而一方以意識型態揣測一方，原本月下幽美的談論竟而擦槍走火。

一樣如銀的月下，我的思緒幽然飄過層疊山脈，沿著狹長海岸線往東而去，種酪梨的杞憂之人，孤零的對月無語。

3

火化後的人體，僅餘米白泛黃的少量鈣片般之殘骸。

安心的離去，您，慢慢走啊。

六十四歲的姊夫，靈堂中央遺照裡靦腆微笑，一頭白髮的容顏；幾年前癌症傷逝的姊姊，兩人的骨灰要放置在同一個廟宇裡。

失去雙親的三個外甥皆已成人，昨夜搭晚班航機來到高雄的我，竟至一夜隱約的惆然。濛霧的港都，十多年前，由於負債，倉促閃避到南方的一家大小……如今一切歸於虛無。

歲月、青春煙消雲散。

午後航機，回台北的飛行，奮力追索，竟覺姊姊逝去的遺容難以記憶了。驚覺自身冷淡且寥落，彷彿生、老、病、死如機窗外那渺茫之雲。

當面臨親人亡故，逐漸失去巨大的哀傷，自己也知悉：早已死去了一半。

4

開砂石車的王先生，擅於雕刻栩栩如生的陽具菸斗；突然被此一發現而略感尷尬。

只是突發奇想，就用苦茶樹材以小刀刻著好玩，竟自成一家。

夜深的奮起湖小村，竹筍料理佐以烈酒，把玩著滑潤的木質，幾個男人連笑意都有著曖昧的相知之情；頓覺自己也有著色欲的些許淫邪。

好似少年初閱春宮小冊，那種燥熱、心跳的不可忍抑。

如今逐漸褪去、逐漸蒼老不再青春、雄壯的肉體渴求，彷如反諷著自身的某種悲涼。只好彼此以酒相敬，化尷尬為微醺之豪情了。

土石流跟著幾次颱風而來，操作怪手機具用力清理出奮起湖通向山下的公路，砂石車載著土石充填另一個坍方的位置……說著，再來一杯酒吧。

5

森林小火車墜崖的第二天，正是工作必須前往的預定行程；從阿里山站到以看日出聞名的祝山。

三月一日，十七條亡魂以及受傷驚嚇的百餘遊客……四月正擬大張旗鼓的櫻花祭，祭的卻是慘被剝奪的人命及鮮血。

出事那天向晚，我則少見的雙腿異常疼痛，幾乎難行；情緒低落到谷底，而後是接到了電話：取消明日預定的行程，阿里山森林小火車釀成大禍。

未來，我所主持的旅行節目，電視映像如何能愉悅的描述那燦爛的日出？美麗如夢的櫻花？哪怕以最肅然、理性的敘述，依然會有著隱約難掩的黯然悲情吧？

彷彿之間，聽見煞車失去後，四節原是歡笑滿盈的大小容顏在撞擊、翻覆之時，灰白、無措的求救叫喊……幼兒、老婦，青春壯年，生命脆弱如風中紙片。

6

幼發拉底河起源於荒蕪大漠，少年熟記的肥沃月彎，在久遠的歷史課本裡泛溢著乳與蜜之香，那塊神話如夢的土地，伊斯蘭遊唱詩人傳誦了數千年。

新帝國主義以「無限正義」之名，將這片乳蜜之地稱之爲「邪惡軸心」，並決定以巨大優勢的武力征服占領。

罪名是：研發致命武器，獨裁政體且是恐怖組織最強大的後援者。

新帝國主義的軍火商堅持入侵，石油公司則虎視眈眈大漠底層汩汩不絕的油源……請明白的表明資本主義最原始的貪婪，並且粗暴的宣稱：就是要掠奪！

歷史課本所記載的十字軍東征，再來一次又有何妨？藉著宗教之名，非我信仰，可以誅之。

最令人黯然的，是萬里之外的我們的統治者，緊摟新帝國主義的大腿，一切依從，才令人有著深切的哀傷。

7

暗夜深沉無盡的黑，叫「幾米」的畫家是否會悄然哭泣？

新畫本題名《幸運兒》，顏彩與線條構成的男人忽然長出一雙翅膀，自主、抗拒的往無垠的天空用力飛翔而去，這世俗所欣羨的「幸運兒」從此失蹤。

驟雨之後的向晚，幾米在電話裡有些感傷的說：他們要我別畫如此不快樂的書，他們說，這書暴露了作者的憂傷……。

我說：有什麼能像創作，能夠留下眞正純淨之後的自我？

說完這句話，心中一沉。眞怕作家會如同他所創作的書中之人，長出翅膀，遠颺，失蹤。

誰是「幸運兒」？幸運的生命定義又是什麼？讀者沉陷於幾米精緻如彩夢的幻境，反而幻境才是最眞實的純淨。

只有作者，最不快樂。

8

有時，像病了般的極度厭倦。

忽而憶起，人情所趨的辦了醫藥保險，彷彿是一次自我反諷；時時若隱若現，厭倦而萌死意，昔時拗不過請求簽署合約，其實，又有多大的意義？

也許，眞的生了場大病，也許靜靜的告別這不美的塵世，於我不也是一種幸福？保險，又能替代俗世所一向認定的安心嗎？如果這人已是心碎並且決意迎向死滅？

是時而飄至的自我厭倦，所導致的低潮吧？或是與生俱來的憂傷至今久久不去？連夜夢裡都會忍不住清晰看見那無聲哭泣的小孩，不就是很久很久以前的自己？

憂鬱，像如影隨形的鬼魂……何不將我帶走？這紛擾的世間，已讓我極度厭倦。

9

短而密集的草原，被修葺過的平整，仍留下昨夜稀微的殘雪。

在陌生的歐洲機場等待轉機，手中的登機卡感染到我十多個小時飛行後的疲倦，竟也低垂了下來，將自己全然抽光意識，坐著看前後左右同樣等待的旅客。微亮的晨光，巨大玻璃窗前停駐的近距離里程的航機，依然在歇息狀態，朝向我的駕駛艙仍暗著，未曾暖機，它浸蝕一整夜落雪及寒露，冷不冷？

在空調的候機室，我卻忍不住的打起寒顫，手中的登機卡掉落到腳邊，我懶倦的俯身撿起。

如果，遺落了登機卡，我究竟要去哪裡？據說在這空曠的機場，有人在多達五十個的登機閘口來回奔走，逢人就問：我要去哪裡呀？我要去哪裡……？

有時，我也會突然的反問自己：對哦，我到底要往何處去？

10

因爲孤獨的緣故，竟而慣於不語。

由於不語，被引爲不悅且誤認而微慍；又生性不善辯解，自然而然的斷定：你的孤獨是他的傷害。

人與人之間，存在的莫非只是揣測和迎合？連孤獨的權利與自我都不許有私己的保留？問你爲什麼冷凝著容顏，好像你一定要燦爛著笑意，否則就是你對他有意見；沉默不語竟成了輕蔑或反抗。

何以孤獨就是不與人近？

何以孤獨就是不合時宜？

何以孤獨就是遺世獨立？

何以孤獨就是冷傲不群？

戀人關係脆弱如狂風中的紙片，一方要膚淺的甜言蜜語，卻不諳人間現實的蒼茫與傷痛。一方時而孤獨，沉陷於生命反思之間，就這般被撕裂、爭執。

這樣，睿智如你，請告訴我：你要孤獨，還是要戀人？

11

穿越永晝，尋找渴求的黑夜
多少年，星光與月色
遙不可及的僅在眠中閃爍
永晝幾乎教你發瘋

光，你的雙眸因明亮
幾乎透明而盲去……
影，你不斷追逐那一方微
暗的清冷竟至傷足

沒有黑夜的私密
生命還有尊嚴與探測的可能？
全然明亮的存在映照

赤裸著無以遮掩的自我

終於宣告絕望
在永晝的地平線翻越
還是另一片無涯之永晝。
決意死去成一株巨樹
葉蔭下，終於有些微黑夜
般的揣臆暗影

12

小說家吳爾芙夫人，靜靜的撿起幾顆沉甸的石頭，置於裙袋，午後的小溪，燈心草及蓊鬱的草葉綠得幽然如水；而後，猶如她小說的沉穩與堅執，毫不猶豫的走向溪中，再也不曾浮出美麗的身影。

所有溪底的水草，靜靜晃動如迎迓小說家的千手，沒有節慶的歡呼及喧嚷的音樂，死滅的是肉身，留下的是文學的記憶；鬼魂終於流下一生最後的淚滴，黯然自語：

從此啊，不必再受苦。

自始不曾再回返倫敦。那天獨自來到車站，靜默的坐在月台上，往倫敦的火車正要開，汽笛好響，吳爾芙的先生匆匆趕來，連哄帶勸：來鄉間為了妳的療養。

我自主的權利呢？我是被囚禁的人啊！我的自由意志呢？

小說家，靜靜的走向溪流。

13

一六六〇年四月三十日，鄭成功征台的巨大船隊接近了台南海岸，朦朧鹽霧與狂勁季節風之間，荷蘭人所據的熱蘭遮城隱然可見，這流亡無處，明朝最後之遺臣只有登岸，別無回頭路。

史家後來查證於荷蘭古文書，謂之熱蘭遮圍城之後，國姓爺先以盛宴款待，後將之處決的荷蘭傳教士，且將所遺之妻女納爲後宮所用並賞以有功部屬；在征戰、平蕃的躁鬱與深切的鄉愁加上國仇家恨，終日以荷蘭之女洩欲排遣。不及一年，淒然逝去。

若以小說而言，是精采題材，主角無以抗拒的被迫放逐，其內心之苦想見痛澈心肺……以歷史來說，卻是台灣移民的最初建構；三百年前的漢人後代，交融著荷蘭、原住民的血統，不純反而成了特質。

14

偶爾憶起的遠地，縹緲之間竟有著微慍的不明情緒。

就在二十年幽幽於生命各種不斷的前往發現，一再試圖以旅行印證文學的同時，卻在此時憶起多少有所徒然；是腳程遲緩了，抑或是歲月所累積的塵埃已達到某種難以承受之重？

二十年持續的旅行，毋寧多少呈露另一種逃遁；藉著工作所需或假期安排，只要暫時得以脫離我們的島國，到任何地方都感到抒放的自在。而今思之，是對固有的體制、民情、人性的沉默反抗吧？事實印證，以二十年的青春藉由旅行閃避，依然是無以全然掙脫。

晨起，時有懊惱的焦躁，遠地的記憶仿如從夜夢帶到醒澈，有種莫名的傷情及耗損後的挫敗……。

那麼，旅行還要不要持續？

15

浴後，長髮的青春女子，薄薄的單衣寬鬆的浮著微熱的汗意，小小的乳房清晰的挺凸出純白的胸線，兩抹暗鬱的陰影。

依著臨河的窗前，等待什麼似的輕吟著歌；我則坐在她的書桌前默默抽菸。半晌終於回首，長髮旋了好看如流瀑般的弧線，深深看我。

夜深，我該回家了。

捺熄了菸，我站起身來，她彷彿才回過神，哦的一聲，略爲遲疑的思索，低垂而下的眼色閃熠，仿如一隻流螢飛過。默默的替我開了門，伴我走出她賃居的公寓，沿著堤岸走到路口，喚了計程車。

十多年後，這清晰的記憶忽然在眠夢中影片般重播。依然鼻息之間晃蕩著她浴後香皂夾帶的體味，如果那時，我選擇留下……。

16

我們二十年前的詩社。

二十年後的年輕詩人小心翼翼的問及，桌前的熱咖啡彷彿一下子就為之冷卻。原是熱烈談到文學八〇年代，無可閃躲的爲政治所侵擾，一時之間，竟然噤聲，不知所措了。

在那彼時風起雲湧的詩社，我是僅有不寫詩的同仁啊，只有主持詩與民歌之夜的表演活動而已……要明白詩社之聚散，就請問那時參與的詩人。

雲淡風清的一語帶過，俯首端看冷卻的咖啡，錯覺之間，似乎已全然凍結。心中隱痛的流淌過一首詩的青春之歌，屬於二十年前我們的詩社。

正如我們的詩刊被查禁
最好的朋友相互背棄
不知誰曾出賣自己……

——劉克襄〈結社的故事〉

17

陰冷欲雨的福隆火車站。一群穿著紅色背心，在月台靜靜等候靠站的列車的女人；販賣著五十元一個的便當，提著紅塑膠菜籃，大聲叫賣，就短促的一分鐘列車暫停。

已是祖母，從大里漁港嫁來福隆的老婦人，以及憨直、害羞的鄉間姑娘，奔跑於車廂兩邊的車門，呼喊著：便當！便當！

賣出一個便當可以拿六塊錢。沒有底薪，所以每天用力的、辛勤的在月台等待來回的列車。歲月流逝，青春停駐在長長的月台，冬冷或者暑熱不去理會；就一個接著一個的一分鐘，菜籃子以厚棉布緊裹，以免冷去的熱便當，認真討生活。

我輕嚼慢嚥，米香，菜色可口。三層肉及香腸，滷蛋和豆干，僅是懷舊的某種鄉愁嗎？欲雨還是沒雨，春冷近晚，我必須趕五點以前的列車回台北。

18

不去揣測，就可以海闊天空。

他人卻從未識我，就可以暗自揣測我的種種；或從媒體印象，或片斷連接相異傳言成爲惡意；倒深切期待是由文學所得，但在這淺薄、缺乏包容與祝福的土地，是遙不可及。

不識者，任他去妄加評斷。

識者，有的定於一尊，自以爲是的偏頗；只能微鬱於心，不想回應辯駁，免傷感情亦反挫回自我，如此還能有所維繫。

上爲者時而揣測人民對他的不信任，少反思執政風格；下爲者則相互猜疑，揣測彼此皆不可能有所善意。歷史百年來給予這片島國的是自始不曾有未來的願景及無私的奉獻。

喬治歐威爾的《一九八四》早已行之久矣，而他的《動物農莊》呈露的預言，則明白、赤裸的一再上演，在這妾身不明且自我作踐的台灣。

19

海平線，銀亮的金屬光澤。

由於凝視，更顯得遙不可及，天涯海角，平蕪壯闊無邊，海平線那端又是另一個海平線，翻版的圖像，相仿之容顏。

看海，反而看到自己逐漸的虛茫與渺微。如果是惡雲疾雨的天色，海就率性的猙獰起來，潮浪翻滾，吞噬、咆哮，在岸邊靜立的我，驚心畏懼，彷彿眷戀的情愛忽而逆轉，不需任何遲疑，不問任何理由。

清晰浮現自己少年的純淨身影，遠遠的佇立在與潮水接壤的岩岬邊緣，絲毫不畏洶浪。

喂——你，回來啊！

喂——起風浪了，危險啊！

三十年後的自己呼喊著從前的臨海少年，瘋狗浪升起有三樓高度，眼見少年將被吞沒。

喂——……？

從前的自己，回首對我竟是鄙夷而慘澹的冷笑。

20

這手記的最後一頁，竟至無言。

無言以對，才是生命深層最大的不幸，巨大的悲傷似乎逐漸留存給漸去漸遠的往昔，而今僅是順理成章的寧願遺忘。

猶如完成的小說，筆放下，就不再是自己的了。兀自離開書房，走出屋外，想找家賣酒的小店，這才發現已是子夜深沉。怕找到了，亦已是打烊時刻，酒肆的侍者打著呵欠，慵懶的擦拭吧檯上的殘漬，不耐的說：先生，請您明晚早來。

於是，像條漫無去路的流浪狗，在更深的夜街裡徘徊著。

只要一杯酒，加四個冰塊。慣飲的波本威士忌……請問，誰可以賣我一杯酒？

酒店關門我就走。問題是所有的店早就拉下沉甸的鐵門了。

夜街很短，影子很長。

可以了，手記寫完，話已說畢。與影子對看，時間歸零。

作品發表索引

卷一	二〇〇二年十二月二十五～六日	聯合副刊
卷二	二〇〇二年十二月四日	自由副刊（摘刊）
卷三	二〇〇三年二月	聯合文學
卷四	二〇〇三年二月	中外文學
卷五	二〇〇二年十二月二十四～六日	中央副刊
卷六	二〇〇三年二月～三月	幼獅文藝
卷七	二〇〇三年元月～五月	中華副刊
卷八	二〇〇三年三月十六日	自由副刊
卷九	二〇〇三年三月六～二十七日	中央副刊
卷十	二〇〇三年八月二十五～六日	台灣副刊

文學叢書

1.	吹薩克斯風的革命者	楊　照著	260元
2.	魔術時刻	蘇偉貞著	220元
3.	尋找上海	王安憶著	220元
4.	蟬	林懷民著	220元
5.	鳥人一族	張國立著	200元
6.	蘑菇七種	張　煒著	240元
7.	鞍與筆的影子	張承志著	280元
8.	悠悠家園	韓・黃晳暎著／陳寧寧譯	450元
9.	想我眷村的兄弟們	朱天心著	220元
10.	古都	朱天心著	240元
11.	藤纏樹	藍博洲著	460元
12.	龔鵬程四十自述	龔鵬程著	300元
13.	魚和牠的自行車	陳丹燕著	220元
14.	椿哥	平　路著	150元
15.	何日君再來	平　路著	240元
16.	唐諾推理小說導讀選 I	唐　諾著	240元
17.	唐諾推理小說導讀選 II	唐　諾著	260元
18.	我的N種生活	葛紅兵著	240元
19.	普世戀歌	宋澤萊著	260元
20.	紐約眼	劉大任著	260元
21.	小說家的13堂課	王安憶著	280元
22.	憂鬱的田園	曹文軒著	200元
23.	王考	童偉格著	200元
24.	藍眼睛	林文義著	280元
25.	遠河遠山	張　煒著	200元
26.	迷蝶	廖咸浩著	260元
27.	美麗新世紀	廖咸浩著	220元
28.	台灣原住民族漢語文學選集—詩歌卷	孫大川主編	220元
29.	台灣原住民族漢語文學選集—散文卷（上）	孫大川主編	200元
30.	台灣原住民族漢語文學選集—散文卷（下）	孫大川主編	200元
31.	台灣原住民族漢語文學選集—小說卷（上）	孫大川主編	300元
32.	台灣原住民族漢語文學選集—小說卷（下）	孫大川主編	300元
33.	台灣原住民族漢語文學選集—評論卷（上）	孫大川主編	300元
34.	台灣原住民族漢語文學選集—評論卷（下）	孫大川主編	300元

35.	長袍春秋──李敖的文字世界	曾遊娜、吳創合著	280元
36.	天機	履　彊著	220元
37.	究極無賴	成英姝著	200元
38.	遠方	駱以軍著	290元
39.	學飛的盟盟	朱天心著	240元
40.	加羅林魚木花開	沈花末著	200元
41.	最後文告	郭　箏著	180元
42.	好個翹課天	郭　箏著	200元
43.	空望	劉大任著	260元
44.	醜行或浪漫	張　煒著	300元
45.	出走	施逢雨著	400元
46.	夜夜夜痲一二	紀蔚然著	180元
47.	桃之夭夭	王安憶著	200元
48.	蒙面叢林	吳音寧、馬訶士著	280元
49.	甕中人	伊格言著	230元
50.	橋上的孩子	陳　雪著	200元
51.	獵人們	朱天心著	即將出版
52.	異議分子	龔鵬程著	380元
53.	布衣生活	劉靜娟著	230元
54.	玫瑰阿修羅	林俊穎著	200元
55.	一人漂流	阮慶岳著	220元
56.	彼岸	王孝廉著	230元
57.	一個青年小說家的誕生	藍博洲著	200元
58	浮生閒情	韓良露著	220元
59.	可臨視堡的風鈴	夏　菁著	280元
60.	比我老的老頭	黃永玉著	280元
61.	海風野火花	楊佳嫻著	230元
62.	家住聖・安哈塔村	丘彥明著	240元
63.	海神家族	陳玉慧著	320元
64.	慢船去中國──范妮	陳丹燕著	300元
65.	慢船去中國──簡妮	陳丹燕著	240元
66.	江山有待	履　彊著	240元
67.	海枯石	李　黎著	240元
68.	我們	駱以軍著	280元
69.	降生十二星座	駱以軍著	180元
70.	嬉戲	紀蔚然著	200元
71.	好久不見──家庭三部曲	紀蔚然著	280元
72.	無傷時代	童偉格著	260元
73.	冬之物語	劉大任著	240元
74.	紅色客家庄	藍博洲著	220元
75.	擦身而過	莫　非著	180元
76.	蝴蝶	陳　雪著	200元
77.	夢中情人	羅智成著	200元
78.	稍縱即逝的印象	王聰威著	240元
79.	時間歸零	林文義著	240元

世界文學

1.	羅亭	屠格涅夫著	69元
2.	悲慘世界	雨果著	69元
3.	野性的呼喚	傑克・倫敦著	69元
4.	地下室手記	杜斯妥也夫斯基著	69元
5.	少年維特的煩惱	歌德著	69元
6.	黑暗之心	康拉德著	69元

POINT

1.	海洋遊俠——台灣尾的鯨豚	廖鴻基著	240元
2.	追巴黎的女人	蔡淑玲著	200元
3.	52個星期天	黃明堅著	220元
4.	娶太太，還是韓國人為好！?	日・篠原 令著／李芳譯	200元
5.	向某些自己道別	陳樂融著	220元
6.	從麻將桌到柏克萊	王莉民、劉無雙合著	200元
7.	星雲與你談心	星雲口述／鄭羽書筆記	220元
8.	漂島	廖鴻基著	240元
9.	那多三國事件簿之桃園三結義	那　多著	180元
10.	那多三國事件簿之曹操登場	那　多著	180元
11.	台媽在上海	譚玉芝著	200元
12.	老中老美大不同	趙海霞著	220元

幸福世界

1.	蜜蜜甜心派（1）——幸福的好滋味	韓・李美愛文／曲慧敏譯	260元
2.	蜜蜜甜心派（2）——幸福的好滋味	韓・朴仁植策畫／曲慧敏譯	260元
3.	蜜蜜甜心派（3）——幸福的好滋味	韓・朴仁植策畫／曲慧敏、黃蘭琇譯	260元
4.	蜜蜜甜心派（4）——幸福的好滋味	韓・朴仁植策畫／黃蘭琇譯	260元
5.	蜜蜜甜心派（5）——幸福的好滋味	韓・朴仁植策畫／黃蘭琇譯	260元
6.	五歲的心願	丁埰琫原著／丁利泰改寫	199元

People

1.	總裁業務員	黃志明著	260元
2.	只怕陳文茜	陳文茜著	280元

INK PUBLISHING 文學叢書 079

時間歸零

作　　者　林文義
總 編 輯　初安民
責任編輯　陳思妤
美術編輯　許秋山
校　　對　吳美滿　陳思妤　林文義

發 行 人　張書銘
出　　版　INK印刻出版有限公司
台北縣中和市中正路800號13樓之3
電話：02-22281626
傳真：02-22281598
e-mail:ink.book@msa.hinet.net
法律顧問　漢全國際法律事務所
林春金律師

總 經 銷　成陽出版股份有限公司
訂購電話：03-3589000
訂購傳真：03-3581688
http://www.sudu.cc
郵政劃撥　19000691 成陽出版股份有限公司
印　　刷　海王印刷事業股份有限公司

出版日期　2005 年 2 月 初版
ISBN 986-7420-48-9
定價　240元

國家圖書館出版品預行編目資料

時間歸零／林文義 著.－－初版，
－－臺北縣中和市：INK印刻，
2005〔民94〕面；　公分（文學叢書；79）

ISBN 986-7420-48-9（平裝）

855　　93025004

INK

INK